Enigma a internet

Enigma a internet

Pere Casals

BARCANOVA
EDITORIAL

El paper utilitzat en aquesta edició compleix
els requisits mediambientals FSC, que garanteixen
un circuit sostenible en tota la cadena de producció.

Equip editorial:

Sara Moyano (Projectes)
Albert Lázaro (Edició)

Disseny de la coberta: Esther Lecina

Mallorca, 45, 4a planta
08029 Barcelona
Telèfon 932 172 054. Fax 932 373 469
barcanova@barcanova.cat
www.barcanovainfantilijuvenil.cat

Novena edició: octubre de 2010
Tercera impressió: juliol de 2014
ISBN: 978-84-489-2110-1
DL B. 40670-2010

Printed in Spain

Tota semblança entre els fets i els personatges que apareixen en aquest llibre i els reals és simple coincidència.

En Bill va saltar de la bicicleta, la va deixar caure sobre la gespa de la vorera i va entrar corrent al pati lluminós i ple de plantes de casa de la seva tia, davant el Pacífic. Des que la seva mare va morir, el noi passava les vacances a San Diego amb la tia Marilyn, que no tan sols era periodista, sinó que a més escrivia els reportatges tot explicant-li les seves indagacions com si fossin aventures policíaques, fantàstiques, de terror...

El noi no es va adonar que un homenàs de mirada dura estava vigilant la casa des de l'interior d'una furgoneta de vidres fumats.

A l'estiu, semblava que en Bill visqués a la mateixa sorra de la platja. Es trobava allà amb un grup d'amics de diferents països —que estaven practicant l'anglès— i provaven de mantenir-se drets sobre les planxes de surf.

Quan estava a punt d'acostar-se a la nevera amb la intenció de preparar a tota velocitat uns quants entrepans i sortir com un llamp, va veure la seva tia per l'escletxa de la porta de l'estudi. «Sembla molt preocupada.» En Bill es va passar la mà pels cabells, tan clars que a vegades feia l'efecte que eren blancs, i es va ficar a l'habitació.

La porta va grinyolar en obrir-se i la tia Marilyn es va estremir.

—Mans enlaire —va exclamar el noi apuntant-la amb el dit.

Ella havia empal·lidit i li va respondre amb una veu trencada:

—M'has espantat.

—Té mèrit.

—Perdona'm, Bill, estic ficada en un reportatge que em sembla, no ho sé... —Se li va apagar la veu—. Em sembla perillós, potser massa...

El noi es va asseure a la moqueta; l'encantava enfonsar-se en aquella superfície tova.

—Explica-m'ho.

La tia Marilyn era una d'aquelles dones de trenta anys i escaig que tracten de dissimular la seva bellesa. La cara neta, els cabells castanys recollits en un monyo i ulleres gruixudes.

—M'han amenaçat —digué.

Els músculs d'en Bill es van tornar rígids.

—Qui t'ha amenaçat...? Quan? On?

Ella va assenyalar amb l'ungla la pantalla de l'ordinador.

—M'han enviat això, un anònim.

El noi va prémer els punys.

—Qui?

—Llegeix-ho tu mateix.

En Bill va devorar la nota.

Si no deixes de ficar el nas en els nostres assumptes, ja pots anar dient adéu a la vida.

—És un *e-mail*, oi? —va preguntar el noi amb un gest com si acabés de rebre un cop de puny a la cara.

—Sí, pots anomenar-ho *correu electrònic* o *e-mail*, com vulguis.

—Però..., te'l deuen haver enviat des d'algun lloc, no?

Ella negà amb el cap.

—M'imagino que no deuen haver deixat cap rastre...

—Des d'on te l'han disparat?

La Marilyn va anar seguint, amb el dit ossut i suau, l'encapçalament de l'*e-mail*.

Per a: La periodista tafanera Marilyn Wigdor <mwigdor @cmrff.com>
De: Bar Las Rumbitas Fritas <trapper@rumbitas.com>
Assumpte: Amenaça de mort.

—Qualsevol me'l pot haver enviat per Internet des del que sembla un bar o el que sigui...

—Almenys hem d'esbrinar on són les maleïdes Rumbitas Fritas —va insistir el noi.

—No crec que funcioni. —Va prémer els llavis—.

Els cambrers arronsaran les espatlles i ens diran: «Qui sap?».

Estava pàl·lida, amb la mirada immòbil.

—Truquem a la policia?

—No. Estic escrivint un reportatge que pot ser una bomba. Una gran exclusiva per a la meva agència! I no vull dir ni piu fins que ho publiqui algun diari gran a la primera plana.

El noi es va posar dret i inquirí:

—Què diables estàs escrivint?

—Tracto d'endevinar què porten entre mans uns traficants.

—Traficants..., de què?

—És millor que no ho sàpigues.

El noi va intentar llegir el full que acabava de sortir de la impressora, però ella li ho va impedir posant-lo al revés.

—És ridícul —va protestar—. És més perillós no saber de què va la pel·lícula.

—És la teva opinió.

—Era la teva..., fins avui.

La Marilyn es va posar dreta. Amb un gest nerviós, es va acostar a la finestra i va observar el carrer tot mossegant-se els llavis. Des d'allà no va poder veure l'home que l'estava vigilant amb una pistola a l'abast de la mà.

La periodista va mig aclucar els ulls i, com si parlés per a ella mateixa, va dir:

—Potser... —Es va interrompre i, després d'un silenci ple de dubtes, va afegir—: Potser hauries de tornar a San Francisco. Si t'arribés a passar alguna cosa..., el teu pare...

Va deixar el paper sobre una taula de vímet i vidre que es trobava a l'altra banda de l'habitació.

El vailet, amb els ulls clavats en el paper, protestà:

—No em penso moure d'aquí.

—Ja ho veurem.

—Si et fa por tenir-me a casa, m'instal·laré a la platja..., però no em perdràs de vista... Ni jo penso perdre't de vista a tu.

—Au, vinga. Aquest assumpte es pot complicar molt, moltíssim.

En Bill portava a la camisa tres petits orificis sobre la butxaca de la cremallera. Alguna cosa es va moure a l'interior i la tia Marilyn va fer ulls d'inquietud. El noi li va fer l'ullet amb complicitat i, amb la veu més persuasiva, va dir:

—Mira, Marilyn —no li deia tia, només «Marilyn»—. Potser em necessitaràs més del que et penses.

Ella va negar amb els ulls.

—No puc...

Ell la va interrompre per deixar anar:

—Si me'n vaig, tindré la sensació de ser un gallina.

Aquestes paraules la van impressionar.

Els ulls d'en Bill eren d'un blau molt clar, però en aquells moments semblaven incandescents.

Li queia un ble de cabells que va tractar de pentinar-se amb la mà sense gaire èxit. El noi es va acostar dissimuladament a un interruptor. Va prémer el botó i un gran ventilador que estava penjat al sostre, ben bé a sobre la taula, va començar a donar voltes i va fer voleiar el maleït full de paper. Va córrer a agafar-lo i va poder llegir:

NARCODÒLARS
Tràfic de diners procedents de la droga a San Diego. Enormes sumes són introduïdes per una banda d'experts a moure diners bruts.

La tarda era de brisa i calor, i en Bill no aconseguia treure's del cap l'anònim. «Han utilitzat l'*e-mail* a traïció. És com tirar la pedra i amagar la mà», es repetia una vegada i una altra..., i vinga.

Estava enfonsat amb els seus amics en el terreny on es podia fer foc, al costat del penya-segat. Taques amb esclats de sol rebotaven sobre el vaivé de l'oceà. Celebraven la festa de comiat de la Clara, que estava a punt d'emprendre el viatge de tornada a Espanya.

La noia estava trista. «Em sembla que m'he enamorat, i temo que ell no se n'ha adonat. Potser..., avui..., per fi li diré que...», pensava amb cara de somiar desperta. Era menuda però estava plena d'energia. Portava els cabells curts, molt curts i ben cuidats. Vestia de negre, com sempre, i lluïa una polsera de color de maduixa.

En Bill anava obrint amb facilitat les ampolles de refrescs freds que guardaven en una galleda de plàstic molt gran amb gel. La Hilka, una noia de grans ulls grisos que vivia a Berlín, coïa sobre les brases blat de moro, salsitxes, hamburgueses i un peix que els agradava a tots, *mahi-mahi*.

En Yoshio, que no podia sofrir la carn de cap manera, «ni de pollastre», estava servint petites racions de *sushi* —peix cru amb una salsa picant—. El noi era de Tòquio i assegurava amb una mica de nostàlgia:

—L'han preparat avui mateix. Conec els del súper, són de confiança. És com si et mengessis el mar, quin gust.

En Liu —un altre del grup— era xinès. Els seus dits semblaven fets d'un material molt dur. Tallava enciam per als entrepans amb precisió i parlava del surf.

—S'ha de tenir molta força de braços. T'has d'ajeure sobre la planxa i posar-te dret a tota velocitat —ell també parlava molt de pressa—. Primer pas, anar de genolls i aixecar-te a poc a poc... És més tècnic que físic.

En Bill a penes participava en la festa. Va aprofitar una ocasió en què la Clara es va quedar sola per dir-li:

—Haig de parlar amb tu.

La noia va notar que la sang li cremava la cara, com un cop de foc, i se li va fer un nus a la gola. Se'l va mirar amb tendresa i li va sortir un:

—Sssí...

—Vull dir-te una cosa que, bé... Un secret.

—Sé guardar secrets.

Ella es va preguntar: «Em deu voler dir que m'estima? Seria tan, tan...».

En Gautam havia estat un dels primers a formar el

grup tres estius enrere. La colla la van començar en Bill, en Yoshio i ell. Era un hindú de Nova Delhi, i en aquells moments estava tocant la guitarra. Tenia una cara ossuda i dents de conill, i els seus ulls eren molt negres i enormes. En honor de la Clara —i per a la seva festa de comiat— s'havia après alguns versos de Luz Casal.

En Bill es va acostar molt a la Clara i li va xiuxiuejar:

—No sé si...?

Ella va dubtar i va acabar fregant-li la mà amb l'ungla.

—Si...?

—Si se t'escapa alguna cosa de les que et diré...

Ara la Clara li va estrènyer la mà amb força.

—Vinga, vinga...

Els ulls de la noia tenien una gran lluïssor i els llavis li tremolaven. Va recórrer amb el dit la geografia del mocador de cors de color grana que portava lligat molt fluix al coll.

En Bill va clavar els ulls al mar i per fi va deixar anar amb veu sorda:

—Han amenaçat la meva tia.

La Clara esperava alguna cosa semblant a un «t'estimo», i li va caure l'ànima als peus. Va pensar que no ho havia sentit bé i li va preguntar:

—Què dius?

—Una amenaça de mort.

La cara de la noia es transformà. Semblava de cera,

morta. Es va oblidar d'ella mateixa i es va submergir en l'enormitat que acabava de sentir. Després d'un silenci enutjós, va tossir i digué amb veu ensopida:

—Qui l'ha amenaçada?

—Li han enviat un anònim al seu ordinador.

—Des d'on?

—Des d'un bar.

—Per Internet?

—Sí.

La noia li va deixar anar la mà, va prémer les dents i es va posar a reflexionar en veu alta.

—Com ja saps, el meu pare és cap de policia a Barcelona... Demà tornaré a casa... i quan hi arribi li puc demanar que ens ajudi.

Els ulls d'en Bill es van il·luminar.

—Guardarà el secret?

—És clar, home.

—La meva tia s'hi juga la vida; no ens podem equivocar.

—El meu pare no dirà ni piu. —Es va posar el dit als llavis—. Ni piu, segur.

Estaven parlant al costat del precipici que queia sobre un mar d'escuma. No s'havien adonat que l'homenàs de cara de pal que abans estava vigilant la tia Marilyn des d'una furgoneta, ara els espiava a ells amb molta atenció amagat darrere uns matolls, en una cova del penya-segat que s'obria just a sota dels seus peus.

A mesura que anava escoltant la conversa, l'intrús es preocupava més i més. En un rampell de fúria, va arribar a desenfundar la pistola, però va tornar a guardar-la.

La Clara es va posar a dibuixar signes a terra amb un palet. L'apassionava dibuixar, i acostumava a fer-ho quan el seu cervell treballava a tota màquina.

En Bill va enfonsar les mans a les butxaques.

—Quina mala sort, precisament has de marxar en aquests moments.

—Mala sort, sí —va replicar ella amb mirada profunda—. Molt mala sort, però...

—Però...?

—Per a això de l'anònim potser és millor. Seré a Barcelona amb el meu pare i ell em dirà el que hem de fer.

—Però seràs lluny —es va queixar ell.

—Sí i no. —El va assenyalar amb el dit—. La teva tia està connectada a Internet i a casa també hi estem connectats. Serà la nostra manera de parlar, de continuar junts.

El noi va sentenciar:

—Fet.

En la mirada de la noia va aparèixer una emoció molt viva.

—Parlarem molt, molt... —Va mig aclucar els ulls—. Bill, hem d'aconseguir l'anònim. Serà la primera cosa que em demanarà el meu pare... Voldrà saber des d'on l'han enviat, quan... I també necessito la teva adreça d'*e-mail*.

El vailet va assentir amb el cap.

En aquell moment es va sentir el soroll d'unes trepitjades lentes, amenaçadores, i va aparèixer l'homenàs que els havia estat escoltant.

Aquell home es va acostar a la Clara i a en Bill. Va somriure amb complicitat.

—Hi ha molta pesca per aquí?

—No està gens malament.

I es van entretenir parlant de peixos i esquers.

Després, es va fregar les mans volent aparentar les maneres d'un bon jan.

—Que bé, una festa!

La noia el va mirar als ulls.

—El meu comiat.

L'home va defugir la mirada.

—On vas?

—A Barcelona. Vinc a l'estiu per aprendre anglès, però aquest any ja ha arribat l'hora de marxar.

—Per sort o per desgràcia?

Ella va ignorar la pregunta.

Aquell individu era alt, robust; tenia les dents molt blanques i un reduït floc de cabells al cap. En Bill el va mirar amb cara de pocs amics, i quan estava a punt de preguntar-li què buscava allà, l'home els va girar l'esquena i es va dirigir als que estaven xerrant al costat de les brases.

—Quina celebració! Us esteu quedant sense begudes. —Va ficar la mà a la galleda dels refrescs—. Si no us empasseu el gel... Esteu secs i ben secs.

En Yoshio li va preguntar:

—Qui és vostè?

Aquell tipus esperava la pregunta.

—Em dic Cascavell. Sabeu per què?

Els nois van arronsar les espatlles.

—Perquè caço serps de cascavell. El que em diverteix més és fer-ho amb matxet; així els dono una oportunitat de picar-me. Què us sembla?

Els vailets el miraven amb cara d'incredulitat. De sobte, va treure de la seva jaqueta una mena d'os que procedia del cascavell autèntic d'una serp i el va llançar a terra com si fos un dau.

—Aquí en teniu una prova.

El cop d'efecte li va sortir bé i va aconseguir de captar l'atenció dels nois.

En Gautam, que entenia molt en rèptils, el va examinar.

—Sembla autèntic.

L'home es va posar a riure amb unes riallades inquietants i ronques.

En Bill i la Clara es van acostar al grup.

—Que viu per aquí a prop?

—Estic de vacances. No hi ha cap lloc com San Diego per passar-s'ho bé. —Va agafar una salsitxa amb els dits—. Puc?

—Emporti-se'n un parell, i adéu! —va dir en Bill amb una veu tallant.

L'home es va palpar la pistola dissimuladament i va somriure amb una ganyota que volia aparentar innocència.

—M'agrada pagar el que menjo. Què us dec?

—Res.

—Ni parlar-ne. A tot senyor, tot honor. Us vull compensar la vostra generositat. Vaig a buscar begudes. M'acompanya algú per ajudar-me a carregar-les? —va preguntar tot mirant en Bill.

El noi va veure que els seus companys s'havien quedat amb set i va accedir-hi. La Clara, sense dir res, es va enganxar a en Bill com una ombra.

Un cop al cotxe, l'homenàs va insistir que li diguessin Cascavell.

—Per a mi és un honor.

—I si l'anomeno senyor Serp a seques? —va preguntar la Clara des del seient del darrere.

En Cascavell va ensenyar els ullals esmolats, però de seguida va endolcir el rostre i va començar a interrogar-los.

—Vius amb els teus pares?

En Bill, que no podia sospitar amb qui estava parlant, va anar responent totes les preguntes amb poques paraules.

—M'estic a casa de la meva tia.

—Només tu i ella a casa...?

—Sí.

—No ho trobes avorrit?

—No.

—De què treballa?

—És periodista.

—D'algun diari?

—No, a casa. Fa reportatges i després els ven.

—Que interessant! Deu viure moltes aventures.

—Unes quantes.

En Cascavell es va preparar per llançar la pregunta que li bullia al cap, i ho va fer amb veu encaramel·lada.

—Quina dona més admirable! Suposo... que deu tenir algú que l'ajudi en els treballs d'investigació sobre el terreny, oi?

Es va recordar del «maleït anònim» i va pensar: «Per això es fica en embolics; per això l'han amenaçada de mort». Però no va dir res.

En Cascavell es va entossudir a comprar-los begudes i gelats. De tornada, l'home va continuar amb l'interrogatori tractant de fer-ho amb tota la dissimulació de la qual era capaç.

Estaven a prop del penya-segat quan va preguntar a la Clara per la seva família.

—La meva mare té una botiga de moda. La veritat és que la roba que ven no està gens malament. —I, com si parlés per a ella mateixa, va afegir—: Tret dels mocadors, que els trobo una mica antiquats.

I vinga. Amb llengua viperina, va preguntar:

—I el teu pare?

—El meu pare és policia —va dir ella amb fermesa, com si intuís tota la protecció que necessitava en aquells moments.

La paraula «policia» va desencadenar una esgarrifança que va recórrer l'espina dorsal d'en Cascavell i el va fer empal·lidir.

Després d'un silenci, va insistir:

—Va d'uniforme?

—No, s'està a l'oficina. La seva feina és lluitar contra els lladres refinats.

Va fer ulls maliciosos.

—Què vols dir?

—Els que mouen diner brut i coses així. Els que semblen senyors però que en realitat no ho són.

El rostre d'en Cascavell s'anava arrugant de tanta tensió. Pensava: «Aquesta setciències m'ho espatllarà tot. El millor és que elimini aquests dos espavilats. Val més ara que encara no han tingut temps d'engegar-ho tot... Com més aviat millor... Sí... Sí, molt millor!».

Tan bon punt van aparcar el cotxe a prop del braser que encara feia olor de carn torrada, es van repartir les begudes i els gelats amb els altres nois.

—La xocolata és molt bona, boníssima.

Tot aprofitant el moment, l'homenàs es va dirigir a en Bill i la Clara:

—Veniu amb mi; haig de parlar amb vosaltres.

Se'ls va emportar fins ben bé a la vora del penya-segat. Allà, en Cascavell va recolzar les manasses sobre les espatlles dels dos nois, va mirar cap al precipici, va fer cara de fera, i...

Quan estava a punt de donar-los una empenta i llançar-los daltabaix de l'abisme, va aparèixer en Yoshio. El noi japonès no havia deixat d'observar-los amb inquietud i es va acostar a la vora del penya-segat.

—Esteu caçant serps...?, o sargantanes?

L'home el va mirar amb una fúria continguda i, tot i que li va costar un gran esforç, va ser capaç de canviar la seva expressió d'assassí per la de pallasso.

—Ui, quin acudit més dolent! Des d'aquí es veu tot l'oceà i em recorda la meva època de mariner. Ha!, ha!, ha! Si us ho expliqués...

La noia va dir amb curiositat:

—Per mi no es talli. Endavant.

L'expressió de l'home va passar del circ més matusser a la pena profunda, i, per una vegada, va semblar disposat a explicar veritats.

—Vaig començar de grumet quan tenia la vostra edat. Vaig fer viatges fantàstics; el lloc que m'agradava més era Hawaii. —Va tancar els ulls com si volgués anar cap endarrere pel túnel del temps—. Recordo aquella època amb una llum especial. Les olors eren més que olors. Les balenes, enormes... —De sobte, va tornar a l'aire de canalla—. Els taurons empaitaven els vaixells tot esperant que els caigués algú com vosaltres. Ui!, ui!

La Clara es va encarar amb ell.

—No el crec. —Es va dirigir a en Bill—: Corren molts fantasmes pel món.

En Cascavell va tòrcer la boca: «Ets morta».

Ara tenia els ulls injectats de sang.

En Bill i la Clara van començar a netejar les restes de la festa sense adonar-se del perill que havien corregut.

La Hilka portava a la bicicleta una cistella amb bosses de diferents colors per separar les restes de menjar, les llaunes, el paper i el vidre. Les va repartir, i mans a l'obra!

Aprofitant que tots els nois s'havien posat a fer desaparèixer les escombraries com si fossin una brigada de neteja, en Cascavell es va esfumar sense dir adéu.

Més tard, la Clara es va anar acomiadant dels del grup, un per un, amb llàgrimes als ulls. Abans de pujar a la bicicleta, va dir:

—Hem de continuar units. —Amb l'anònim de la tia d'en Bill al cap i posant molta cura a no esmentar-lo, va dir—: Parlarem per Internet. Buscarem la manera d'estar connectats i de fer plans junts.

No va poder dir cap més paraula. Les llàgrimes l'ofegaven.

En Bill va declarar amb solemnitat:

—Crearem un club.

En Yoshio es va treure les ulleres ovalades de muntura metàl·lica. Va tancar els ulls i, molt concentrat, va proposar:

—El club dels fans d'Internet.

La Hilka afegí:

—A través d'Internet podem fer plans per tornar aquí l'any que ve.

En Liu va dir amb entusiasme:

—O per trobar-nos en algun lloc del món. —Es va passar la mà pels cabells negres i llisos—. Potser ens podrem reunir tots a Hong Kong o a Vietnam, i passar uns dies junts.

Ara el seu somriure habitual es va tornar nostàlgic.

En Gautam, el noi hindú, va dir:

—Jo visc en una casa molt gran, i sempre us rebrem encantats. Passar unes vacances a Nova Delhi tots junts seria fantàstic. Quines excursions amb bici que faríem...!

En Yoshio anava donant voltes al nom del club.

—Quan tornem a casa nostra, continuarem parlant per Internet. Podem fundar el Club dels cibervailets..., o dels cibernois...

—Això, això! —van anar dient l'un darrere l'altre.

La Hilka, amb les galtes enceses a causa de l'emoció, va pensar: «Que bé! Podré preguntar-los el que passa de veritat amb els animals salvatges... Es fa cada crueltat...». I va alçar les mans com si volgués tocar el cel.

—Visca el Club dels cibernois!

La Clara i en Bill es van dirigir a casa de la tia del noi i es van ficar a l'estudi on la periodista acostumava a treballar.

Sabien que arribaria molt tard perquè al matí la Marilyn havia deixat una nota enganxada a la nevera amb un imant en forma de lloro de colors cridaners.

Hola, Bill!

Passaré el dia a Tijuana. No t'oblidis de beure't el suc de pastanaga; està fresquet a la nevera i té moltes vitamines. No m'esperis despert. Fins demà. Marilyn.

En Bill es va asseure davant el teclat.

—A veure si aconseguim localitzar aquest anònim —va dir.

Un cop connectat l'ordinador, van començar a córrer signes per la pantalla fins que va aparèixer:

Escrigui el seu nom d'usuari.

La Clara el va mirar amb aire interrogatiu. En Bill va recordar que la seva tia feia acudits sobre el zero i l'u per referir-se als dos ordinadors de la casa: el que estaven fent servir i el que tenia a la seva habitació.

Quan va teclejar l'1, la cosa va funcionar.

Va aparèixer el Windows multicolor a la pantalla, després diferents opcions: Word, Sound Blaster, Jocs..., i el nom del proveïdor per accedir a Internet.

Va connectar el mòdem per iniciar la connexió amb Internet.

Els va semblar sentir un soroll amenaçador.

—Deu ser el vent —va dir en Bill sense deixar de mirar la pantalla.

—Però si tenim aire condicionat i hem tancat la porta.

—Ve del carrer.

—I..., se sent des d'aquí?

—A vegades.

—Si tu ho dius —va replicar la noia amb una mica d'inquietud.

A pocs metres de la casa, en Cascavell acabava d'aparcar la furgoneta de vidres fumats. A la part del darrere —separats dels seients per una reixa— portava dos gossos d'ullals formidables que eren tan negres com assassins. L'home es va posar a observar el carrer mentre pensava: «Amb la gana que passen aquestes feres, segur que trossegen tothom qui es posi davant seu. Quan els deixi anar a dins d'aquella casa... És jugar a cop segur. Aquests dos ja n'han matat més d'un que volia ser massa espavilat...; són una arma provada. No fallaran, i tant que no!».

Les bèsties eren molt dolentes. Emetien roncs sords, amenaçadors, i el morro els tremolava de ràbia.

Dins la casa, a l'estudi de la tia Marilyn, els dos nois continuaven amb l'ordinador.

Ara, en Bill va fer doble clic sobre el nom del proveïdor per accedir a Internet. Es va sentir un so brunzidor, es van encendre llumetes vermelles i va sonar un xiulet sord.

En Bill va exclamar:

—Ja estem connectats!

La Clara va assentir amb un gest.

—I les trucades a cost local, perquè no es queixin a casa. —Va pensar que al cap d'unes hores estaria volant cap a Barcelona—. Quan ens enviem missatges per Internet, en el fons serà com trucar-nos per telèfon des d'aquí mateix, des de San Diego. Sembla màgic.

Es va sentir un altre soroll.

En Bill continuava absolutament pendent de la pantalla.

Ella va xiuxiuejar:

—Ho has sentit?

—Tranquil·la, no passa res.

—És la segona vegada.

A continuació, en Bill va fer un doble clic sobre Eudora.

—A veure quines coses ens porta aquesta bústia de correu.

Entre diverses opcions, va fer clic a *Arxiu*, després a *Correu...* I la pantalla els va demanar la contrasenya d'accés, el *password*.

—La saps?

—No —va deixar anar el noi amb inquietud.

—Provem-ho.

La Clara va anar enumerant: la data de naixement de la tia Marilyn; el seu nom al revés i abreujat de diferents maneres; el mateix amb el cognom, Wigdor, Rodwig, Wig...

—Res. No hi ha manera.

Finalment, a la Clara se li va acudir:

—Prova amb el teu nom. Prova *Bill.* La teva tia t'estima tant que potser...

El noi ho va fer amb desconfiança, un clic a l'*OK* i va encertar-ho.

—Premi!

Va aparèixer: *No té correu nou.*

—Bé! No li han plogut noves amenaces —va dir ella.

—Busquem l'anònim.

Va fer clic a *Bústia* i després a *Arribada...* I va aparèixer una llista amb els darrers *e-mails* que havia rebut la

Marilyn. Un d'aquests era l'*Amenaça de mort*, l'anònim. Va fer clic i la línia es va tornar blava; després, doble clic i la nota amenaçadora va aparèixer a la pantalla.

La van llegir amb avidesa. Semblava que se la volguessin aprendre de memòria, que tinguessin por de veure-la desaparèixer, explotar.

La Clara va fer un clic sobre el dibuix de la impressora —un dels que es trobaven per sobre del missatge— i ben aviat va començar a sortir el full amb:

Per a: La periodista tafanera Marilyn Wigdor.

Ella es va guardar l'anònim en una butxaca i en Bill va pensar en veu alta:

—Cal llegir amb lupa els darrers reportatges de la meva tia i veure amb qui es fica... A qui denuncia...

—On són?

Van començar a buscar-los per les prestatgeries i pels calaixos.

El noi va insistir:

—El que ha escrit en els diaris pot donar-nos una pista, noms...

En aquell moment, es va sentir soroll dins la casa.

I la porta de l'habitació es va moure lentament fins que va quedar entreoberta.

De seguida es va sentir un grinyol i la porta es va obrir de cop.

La Clara i en Bill no gosaven respirar; semblava que volguessin fer-se invisibles.

No obstant això, no van entrar a l'habitació ni gossos assassins, ni un gram de maldat, sinó tot el contrari. Va aparèixer el seu amic Yoshio.

Tan bon punt els va veure davant l'ordinador, se li va afluixar el gest de preocupació.

—Tot va bé? —va preguntar.

—Connectats a Internet —va replicar en Bill.

—No ho sé... —va deixar caure el noi japonès—. Abans us he vist preocupats.

—Doncsss.

En Bill es va quedar tallat.

«Aquest Yoshio és capaç de llegir-te el pensament», es va dir la noia mentre l'observava amb molta consideració.

El nouvingut va insistir:

—Potser és per la pena de veure marxar la Clara;

però, no ho sé, m'ha fet la impressió que abans li has dit una cosa molt grossa... Alguna cosa que l'ha alarmada.

Ella va clavar els ulls en en Bill.

—Li ho hem d'explicar tot.

—Sí. No poden haver-hi secrets entre els membres del Club dels cíber.

En Yoshio va declarar amb solemnitat:

—Hem de ser com els cavallers de la Taula Rodona.

I li ho van explicar tot sense saltar-se ni una coma.

El noi japonès els escoltava recolzat a la taula i no deixava de mirar-los amb ulls de gran profunditat, afecte i lleialtat. En aquella postura encara semblava més prim.

Quan van acabar el relat, li van ensenyar el full amb l'anònim.

—Ja saps que el meu pare treballa a la policia. Mirarem a veure què s'hi pot fer —va dir la Clara.

En Yoshio era un vailet amb una educació exquisida, dels que tracten d'evitar les paraules que poden ofendre. Per això va estar uns instants en silenci abans de dir:

—Han enviat l'anònim per *e-mail.* La meva passió és la informàtica... Deixeu-me pensar a poc a poc... Abans d'actuar, sempre s'ha de reflexionar.

—El pitjor és que no podem trucar a la policia-policia —va dir en Bill. I va aclarir—: El pare de la Clara és una altra cosa. Guardarà el secret, oi que sí?

—I tant. Segur..., el conec molt bé —va afirmar la noia.

—En canvi, si truquem a la policia, adéu secret —va aventurar en Bill.

En Yoshio va mig aclucar els ulls.

—I la teva tia pot dir adéu al seu reportatge en exclusiva.

—Ni parlar-ne.

En Bill es considerava el defensor dels interessos de la Marilyn.

A la furgoneta, en Cascavell s'havia enfurismat en veure com en Yoshio entrava a la casa: «Ara ja són tres. La cosa es posa més difícil per als ullals dels meus animalons. No m'hauria d'haver esperat; les coses s'han de fer jaaa! I no perdre temps».

Es va donar un cop de puny a la mà. Els gossos es van sobresaltar, van començar a girar sobre ells mateixos tot emetent grunys de ràbia creixent i bavejant.

—Calma, calma, que aviat podreu saltar al coll d'aquells.

Va dirigir la mirada a la casa de la tia Marilyn. Els animals no paraven de grunyir, i els va llançar un parell d'ossos ressecs on no hi havia ni rastre de carn ni cap substància. Els van destrossar a dentades i la seva fúria va augmentar. En Cascavell es va posar un guant de fibra molt resistent i va introduir la mà per la reixa amb la intenció de calmar-los.

—Quiets, quiets.

De sobte, el més ferotge va aconseguir mossegar la punta d'un dit i va començar a estirar i estirar.

En Yoshio estava examinant l'adreça des de la qual havia sortit l'anònim.

De: Bar Las Rumbitas Fritas <trapper@rumbitas.com>

I va dir:

—Hem d'esbrinar on és aquest bar. Jo me n'encarrego. —Va assenyalar el mòdem—. Per cert, podré fer servir...?

En Bill el va interrompre.

—És clar que sí. Quan la meva tia no sigui a casa. No vull que s'assabenti que ens hem ficat en això.

—Surt molt?

—Depèn; a vegades es passa dos dies tancada escrivint un reportatge, i després pot desaparèixer.

—Un cop tinguem l'adreça, haurem de fer una visita a aquell bar o el que sigui —va afirmar en Bill tot tancant els punys.

En Yoshio va somriure lleugerament, com si li rondés alguna idea pel cap, però no va dir res.

Es repartiren la feina: en Bill i la Clara van continuar buscant pertot arreu els retalls de diari amb els articles de la Marilyn. En Yoshio va fer clic a *Arxiu* i al final va aparèixer la llista dels darrers quatre articles de la periodista.

1. *Qui mou els diners bruts de la droga?*
2. *Traficants d'or blanc.*
3. *Venjança*
4. *Tirar la pedra i amagar la mà.*

El noi va anar fent clic sobre cadascun dels títols per donar-los una ullada.

—Els passarem a paper —va dir.

Els anava obrint, i, tan bon punt apareixien els articles a la pantalla, feia clic sobre *Arxiu*, tot seguit feia un toc a *Imprimir*, i anaven sortint totes les pàgines després d'un clic sobre *Document complet* i un altre —de nou— sobre *Imprimir*.

En Bill llegia amb molta cura. De tant en tant, exclamava assenyalant algun nom amb l'ungla:

—Pot ser sospitós.

A la furgoneta, en Cascavell va intentar de copejar el gos amb l'altra mà perquè el deixés anar, però va fallar. L'animal va estirar tan fort el guant que l'hi va arrencar i el cap de l'home va anar a xocar contra els barrots de la reixa. Es va fer mal al front, una bona banya sanguinolenta. Es va mirar al retrovisor, es va netejar la ferida i escopí:

—Ara veuràs.

Molt enfadat, va baixar del vehicle. Va obrir la porta del darrere, i, quan va alçar el pal, els dos gossos el van tirar a terra i van sortir corrent cap a la casa de la Marilyn.

En aquell moment arribaven amb les seves bicicletes els altres nois del Club dels cibernois.

Els gossos els van mirar amb hostilitat, van canviar bruscament de trajectòria i es llançaren sobre la Hilka, la noia de Berlín.

Ella va donar un cop de manillar i la bicicleta va girar de manera que va aconseguir d'esquivar la primera de les feres. Quan la segona fera estava a punt d'atacar-la, en Liu va llançar damunt els gossos la bossa amb les sobralles de menjar de la festa. La gana acumulada pels animals va fer que destrossessin el plàstic i comencessin a devorar amb ànsia tot el que contenia. Els nois aprofitaren l'ocasió per ficar-se a la casa i tancar la porta.

Van entrar corrent a l'estudi i van avisar en Bill.

—Al carrer hi ha uns gossos que volien atacar-nos; es poden colar a la casa?

—On són?

—A prop de l'entrada.

—Quants n'hi ha?

En Gautam, el noi hindú, va respondre:

—Dos i molt perillosos. Poden matar una persona.

En Liu li va donar la raó.

—Ni al cinema he vist unes bèsties com aquelles.

En Bill va sortir com un llamp. Va passar el forrellat a la porta principal i també a la del darrere.

En Gautam va afegir:

—Aquelles males bèsties vénen d'encreuaments estranys de laboratori per fer-les més sanguinàries. Són monstres. Els agrada la sang.

En Bill va anar tancant els baldons de les finestres. Va veure els gossos quan ja s'allunyaven del festí, però no es va adonar que a l'interior de la furgoneta hi havia en Cascavell, que ho seguia tot amb ulls d'escurçó.

L'homenàs va esperar que els nois s'allunyessin de les finestres. Llavors, va xiular amb una mena de xiulet que emetia un so a penes audible, i els gossos se li acostaren. Va obrir la porta del darrere i va escampar un menjar viscós, marró, que feia pudor de mort i devia semblar irresistible als animals, ja que es van ficar al vehicle i s'ho van empassar amb voracitat. En Cascavell va tancar la porta i es va dir alleugerit: «Ja us tinc una altra vegada tancats. La culpa ha estat meva; qui juga amb foc, es crema!».

Tots els del Club dels cibernois es van asseure en cercle sobre la moqueta tova de l'estudi.

En Yoshio va parlar de l'anònim als que acabaven d'arribar. La Clara els va passar els fulls de la impressora amb els articles que la Marilyn havia publicat últimament.

La Hilka va proposar:

—Hem d'actuar de seguida. La meva mare és investigadora farmacèutica, i tot el dia està buscant coses a Internet. Pot ajudar-nos a localitzar aquest bar... —Es va interrompre—. El que passa és que encara trigaré dues setmanes a tornar a Berlín, i una cosa així la hi hauria d'explicar abans cara a cara... És que és una cosa molt, molt grossa.

En Gautam es va lamentar:

—A mi em passa el mateix. El meu pare és polític i té moltes maneres d'assabentar-se del que passa, però encara tardaré uns quants dies a tornar a Nova Delhi.

La Clara els va explicar què faria, i al final va dir:

—Demà ja seré a Barcelona, i us enviaré un *e-mail* per Internet. Potser us podré donar alguna pista sobre el bar Las Rumbitas.

En Bill va exclamar:

—El dia que unim les nostres forces... El dia que unim els nostres ordinadors, serà...

—Imagina't —el va interrompre la Hilka—. A Alemanya m'assabentaré dels trucs d'Internet dels científics... Us els passaré a tots de seguida. Serà genial!

—I jo us passaré el que pugui de la policia de Barcelona —va assegurar la Clara.

Els cibernois anaven donant idees i més idees amb espontaneïtat, i cada cosa que aportaven els anava unint amb més força i també els anava fent més persones.

Ara parlava en Yoshio.

—A Tòquio treballo unes hores al dia a la botiga d'informàtica. M'han deixat muntar el meu cau en un racó del magatzem i tinc un bon arsenal. Pentium a 200 megahertzs amb 32 megabytes de RAM, targeta de so de 32 bytes, escàner i CD-ROM de velocitat 12x. —Es va posar molt seriós i va mirar l'anònim amb cara de fàstic—. Pensant en tot el que puc fer des d'allà, potser hauria d'avançar la meva tornada i marxar demà. Potser hauríem de prendre aquesta decisió ara mateix.

En Bill va replicar:

—No puc demanar-te tant. Entre el que ens vagi enviant la Clara des de Barcelona i el que puguem esbrinar des d'aquí mateix —va assenyalar l'ordinador de la tia Marilyn—, suposo que ja tindrem algunes pistes amb què començar a moure'ns.

En Gautam es va dir: «En Yoshio és un gran tipus, un gran tipus! Treballa en informàtica i necessita practicar molt l'anglès..., i, no obstant això, està disposat a marxar i deixar el munt d'hores de classe a les quals s'ha apuntat aquí...».

A la furgoneta, en Cascavell es va sobresaltar en veure arribar el cotxe negre que es va aturar davant la casa de la tia Marilyn.

En va sortir un home prim com una espina, amb barret panamà d'ala caiguda sobre els ulls, que va mirar amb desconfiança a dreta i esquerra mentre es palpava, amb un punt de fatxenderia, el tros de pistola que portava al costat sota la jaqueta.

«Maleït siga —es va dir en Cascavell—. D'on ha sortit aquest pistoler? Deu ser un policia...?, un secreta? Si aquella aprenent de periodista... Si aquella setciències del diable ha trucat a la poli, li caurà el pèl... Marilyn, no voldria ser dins la teva pell... No saps amb qui t'estàs jugant les peles, beneita.»

L'home del barret es va dirigir a la porta de la casa amb pas ràpid i va empunyar la pistola.

En Cascavell va continuar pensant: «Però no em sembla un policia, aquest individu... Els ineptes, els ensumo de seguida. Si no és un policia, llavors pot ser un membre de la banda del Plata..., i aquells noiets li duraran el que dura un caramel a la porta d'una escola. Veurem si hi ha carnisseria...».

El que acabava d'arribar es va treure el barret per amagar l'arma i va trucar a la porta. Es va posar d'esquena al carrer amb el nas gairebé encastat en una planta enfiladissa molt frondosa per evitar que algú el pogués reconèixer.

En Cascavell es va tapar la boca amb la mà com si temés el que podria passar als nois, i es va dir: «La veritat és que m'estimo més que aquest tipus s'encarregui d'ells. El que s'ha de fer és disparar sense mirar als ulls. Cada ofici té els seus usos i costums... Ara, per desgràcia, conec una mica aquells noiets i aquesta mica ja és massa, i em costarà llançar-los els gossos a sobre... o espenyar-los».

Els nois tardaren uns moments a obrir, i l'home aspre i prim que amagava la pistola sota el barret es va impacientar i es va posar a donar fortes palmellades a la porta, que retronaren com canonades a l'interior de la casa.

En Bill va observar per l'espiell i va entreobrir la porta, la mica que permetia una cadena de seguretat grossa i daurada.

L'home armat va ficar la punta de la sabata netíssima per l'escletxa, va recolzar el dit al gatell i, tot mantenint l'arma amagada, va preguntar:

—Va tot bé?

—I vostè, qui és?

Es va tranquil·litzar en endevinar la presència del noi.

—I tu, qui ets?

Tots els nois es trobaven darrere en Bill, donant-li suport amb la seva presència. Podia sentir les seves respiracions mig tallades. El noi va deixar anar:

—Sóc el que és dins la casa, i vostè el que és a fora i vol entrar..., d'acord?

L'home va somriure.

—Molt bé, molt bé. Aquí tens algunes dades per veure si aconsegueixo que confiïs una mica en mi.

—Dades..., quines dades?

—M'envia la propietària d'aquesta casa, la Marilyn Wigdor.

El noi va sentir una esgarrifança.

—Que li ha passat alguna cosa... a ella? —va inquirir amb l'ai al cor.

—Està bé, tranquil.

El noi, sense obrir, va recordar la nota de la nevera: «Posa que se n'ha anat a Tijuana». I li va preguntar amb inquietud:

—On és la Marilyn, ara?

—Tu deus ser en Bill, oi? —va suposar en adonar-se de l'ansietat amb què parlava.

—On és?

—A l'altra banda de la frontera...

La Clara es va enganxar a en Bill i li va xiuxiuejar a cau d'orella:

—Sembla que sap moltes coses, però no et fiïs d'ell.

—Ni un pèl.

—No li obris la porta.

—Ni parlar-ne.

La noia es va acostar a l'escletxa de la porta i va voler saber:

—On és la tia Marilyn?

—Que jo sàpiga, no té cap neboda. —En to de burla, va afegir—: Bill, sembla que estàs ben acompanyat. Per això no em vols obrir, murri.

—On és ella? —va exigir la noia amb sequedat.

—Ara mateix deu estar estirant el fil d'un gran reportatge que està escrivint. S'està guanyant el premi Pulitzer.

—Digui'm d'una vegada on és! —el va tallar en Bill.

—A Tijuana.

En Yoshio no deixava de reflexionar jugant amb les seves ulleres ovalades. El seu cervell funcionava com un rellotge: «Segur que tot el que està passant té a veure amb aquell reportatge..., i amb l'anònim... La frontera de Mèxic es troba a dues passes i ella deu haver arribat fins allà per continuar investigant. I..., què deu voler aquest individu? El que diu és tan estrany que... Deu dir la veritat?, o mitja veritat...? Però, això fa pudor de socarrim! Primer apareix un tros d'animal al penya-segat, i ara aquest amb una història que...».

Va acabar dient en veu baixa:

—No li obris la porta.

En Cascavell va veure que l'home no es movia de l'entrada de la casa, i va decidir marxar: «No sigui que es posi a disparar-los a través de la porta, que després s'escapi i que m'enxampin a mi i em carreguin el mort. —Va negar amb el cap—: Creu-t'ho! Jo me'n vaig, que potser tindré sort i aquell cara d'ocell em farà la feina bruta».

Abans de posar la furgoneta en marxa, va fer una trucada des del telèfon del vehicle. Tot el que va dir sonava a paraules en clau.

En Bill continuava fent preguntes, tossut que tossut.

—Per què no m'ha trucat la Marilyn?

El que es trobava a l'altra banda de la porta va tardar uns instants a respondre, i ho va fer en un xiuxiueig.

—Té por que li hagin punxat el telèfon, i no vol que s'assabentin d'on és ni del que està fent... Ni està disposada a anar deixant pistes a l'aire. Va darrere l'exclusiva d'alguna cosa que pot ser molt, molt grossa.

—I vostè, per què...?

No el va deixar acabar.

—M'ha demanat que vingui a vigilar la casa.

—A vigilar la casa?

—Té por que s'acosti algú i comenci a disparar-te, i...

La Hilka va fer un senyal a en Liu i a en Gautam, i els dos nois la seguiren sense fer soroll. Van sortir per la porta del darrere i observaren el carrer amb atenció fins que es van decidir.

Ni rastre dels gossos.

Es van enfilar a la teulada. Van veure com s'allunyava la furgoneta de vidres fumats, però no la van associar amb el perill al qual estaven exposats. Després, van avançar gatejant fins a un punt des del qual van poder observar a qui volia i, de moment, no podia entrar.

Aleshores, es va sentir el xerric d'un cotxe descapotable que girava per la cantonada a molta velocitat i frenava bruscament davant la casa. La Marilyn va baixar del cotxe molt de pressa i es va dirigir a l'home que es trobava davant la porta.

—Tom, gràcies per haver arribat tan aviat. No et pots imaginar que intranquil·la que estava! Les coses s'estan posant molt lletges.

Ell va guardar l'arma, es va posar el barret i, torçant la boca, va dir:

—Fixa't. No em deixen entrar a la casa, però no els en culpo.

En veure-la, en Bill va obrir la porta i li va preguntar amb aire interrogatiu:

—Qui és aquest home?

—Entrem i t'ho explicaré.

La Clara i en Yoshio s'havien esmunyit per l'altra porta, i en veure els seus companys a la teulada també s'hi enfilaren.

La Marilyn es va dirigir al seu ordinador. Mentre el connectava, va explicar amb nerviosisme:

—En Tom és detectiu i ens protegirà mentre duri aquest malson.

En Bill, molt seriós, va dir:

—No sabia que el coneguessis.

—M'està ajudant molt amb aquests darrers reportatges.

—Em pensava que t'agradava moure't sola. Mai no em vas dir que estaves treballant amb un detectiu.

—Aquesta vegada necessito moltes dades per poder escriure sense que m'acusin de falta de proves, i...

La seva veu es va interrompre, i es va quedar lívida. Les venetes blaves de les temples van adquirir relleu.

S'havia connectat a Internet per verificar si tenia algun correu nou.

—Una altra vegada —va exclamar amb veu trencada—. Mira, Tom. Acaba d'arribar. Una altra vegada; no sé si podré continuar.

L'home va endolcir la seva expressió de dur de pel·lícula.

—No tinguis por, us protegiré. Ningú no podrà fer-vos mal.

La Marilyn va posar el dit sobre l'*e-mail* de la pantalla. Com era evident, el text havia estat copiat d'un diari.

Per a: El gairebé cadàver bufonet de la periodista Marilyn Wigdor <mwigdor@cmrff.com>
De: Bar Las Rumbitas Fritas <trapper@rumbitas.com>
Assumpte: Segon avís.

Exemple de procediment D'ACTUACIÓ RADICAL.

Ahir es va publicar al Diari del Matí que Joan Josephson, una de les més famoses periodistes d'investigació de Los Angeles, va ser abatuda a trets per dos motoristes que es van aturar al costat del seu cotxe en un semàfor. La periodista havia estat guardonada amb importants premis i en els seus treballs acostumava a donar noms i dades concretes, i a formular denúncies contra organitzacions criminals. Joan Josephson HAVIA REBUT AMENACES RECENTMENT.

La Marilyn va dir:
—La coneixia. Érem bones amigues.
El detectiu la va agafar pel braç.
—Fas el mateix tipus de periodisme que ella.
—Amb el mateix perill —va sentenciar en Bill.

En el vol de retorn a Espanya, la Clara no va deixar de pensar en en Bill ni d'escoltar Bruce Springsteen pels petits auriculars que a penes es va treure durant tot el viatge.

«En Bill viu a San Francisco i jo a Barcelona..., però parlarem molt a través d'Internet. Primer per resoldre això de l'anònim de la tia Marilyn —ella sí que l'anomenava *tia*— i després per viatjar junts navegant amb l'ordinador i el mòdem..., i la imaginació, i... Bill, Bill, estimat Bill.»

Després va tancar els ulls i es va recordar de les darreres hores a San Diego amb la precisió i les tonalitats de qui les està vivint.

En poques hores s'havia acomiadat dels seus cibernois mitja dotzena de vegades. I al mateix aeroport havia tingut la idea que, tot i que estiguessin separats per molts quilòmetres, cada setmana podrien parlar en grup connectats —tots alhora per Internet— a una hora determinada.

Quan ja es trobava molt a prop de Barcelona, sobrevolant la platja de Castelldefels, la Clara va agafar el full amb el primer anònim que havia rebut la Marilyn, el va rellegir i després el va introduir doblegat al bitlleter.

«Llàstima que en Bill no hagi pogut treure una còpia del segon anònim amb la notícia d'aquella pobra periodista assassinada en un semàfor...»

Els seus pares i el seu germà petit l'estaven esperant amb impaciència. La mare s'assemblava molt a la Clara. Portava un parell de revistes a la mà perquè la seva filla es posés al dia del que era notícia allà. Després de les abraçades, la va observar com si volgués fer-li una radiografia.

—T'has aprimat.

—Només un quilet.

—Portes els cabells més llargs —va replicar mentre pensava: «La trobo una mica estranya; sembla preocupada per alguna cosa».

—Me'ls tallaré avui mateix; em fan molta calor. M'estimo més que m'ho faci la perruquera de sempre —va somriure amb totes les dents—. No es poden fer experiments amb aquestes coses.

El pare va agafar les maletes i es van dirigir cap al cotxe.

Quan arribaren a casa, el seu germà no va deixar de voletejar al seu voltant per veure si li havia portat algun regal.

«Alguna cosa caurà, segur. Sempre em porta coses d'Amèrica... Uns texans...? Tant de bo m'hagi portat uns texans que semblin vells!»

La Clara va aprofitar un moment en què el seu pare es va quedar sol.

—T'haig de parlar d'un assumpte que no puc explicar a ningú.

Era calb i ossat. Va arrufar les celles i la va mirar amb alarma.

—Sí...? —va preguntar, mentre pensava: «A veure per on em surt».

—És confidencial.

Va ensenyar-li l'anònim i li va explicar el que li estava passant a la Marilyn.

L'home era policia i no va poder evitar que tot allò el portés a adoptar un aire professional.

—No sé si podré mantenir-ho en secret. La policia és cosa de moltes persones, i és molt difícil...

El va interrompre.

—Has de guardar el secret.

La va mirar amb cara de «no hi estic d'acord» i va xiuxiuejar:

—Per què?

—Perquè t'ho demano jo.

—Un bon argument —va respondre somrient.

Ella, amb picardia, va dir:

—I també perquè m'he compromès amb en Bill.

—Que t'has compromès? Quina mena de compromís?

—Un pacte de silenci.

—Per què?

—Perquè la Marilyn vol l'exclusiva per a un reportatge.

—Ja...

Es va passar la mà per la calba.

—La primera cosa que cal fer és donar protecció a aquella periodista.

—La protegeix un detectiu.

—Valga'm Déu... —va exclamar l'home en un to escèptic—, un detectiu. Que no li passi res a aquella pobra noia! Això només funciona en el cinema.

Com si no l'escoltés, la Clara se'n va anar cap a una altra cosa.

—Hem d'esbrinar des d'on van enviar l'anònim.

L'home va llegir l'adreça que constava al full.

—Vaja, *trapper@rumbitas.com*... A més a més posen gràcia a l'assumpte. Mira que posar *Rumbitas* i *trapper*!

—*Trapper* significa 'caçador de pells o paranyer', o alguna cosa així —va aclarir la noia perquè es notés la utilitat de pagar-li viatges a San Diego.

El seu pare va assentir amb el cap i va assenyalar el final de l'adreça.

—Fixa't, acaba en *rumbitas.com*. Si acabés d'una altra manera, de seguida sabríem el país d'origen. Per exemple, *rumbitas.es* voldria dir Espanya; *rumbitas.de*, Alemanya...

—I *rumbitas.com*?

—*Com* se sol deixar per a companyies i proveïdors d'accés. En aquest cas, deu ser la tapadora d'una companyia de delinqüents, un sindicat del crim o alguna cosa així.

—La de la Marilyn també porta *com*.

—És periodista, i potser l'ha connectada a Internet l'empresa per a la qual treballa.

—Podràs esbrinar des d'on el van enviar?

—Llàstima que no tinguem el segon anònim.

La Clara va insistir.

—En aquest hi ha una adreça, potser seguint aquesta pista...

Ell es va posar a barrinar, es va fixar en les adreces del bar i de la periodista, i va acabar dient amb un fil de veu:

—Tens raó. El missatge deu haver deixat una traça, una empremta dels diferents llocs pels quals ha passat per arribar des d'aquells delinqüents fins a l'ordinador de la periodista.

—Què faràs?

—El proveïdor d'Internet que utilitza la periodista deu tenir aquestes dades.

—I...?

Com si parlés per a ell mateix, va dir:

—Tinc un contacte a San Diego. Li demanaré que es mogui.

—És discret?

—Una tomba. Hem treballat junts en alguns casos i sempre ha respectat els acords.

I es va dir: «Va ser el qui em va convèncer perquè t'enviés a San Diego, però tu no ho saps ni el coneixes».

—Si fica la pota, i la cosa surt als diaris...

—No la ficarà.

—A les sis de la tarda d'aquí, seran les nou del matí allà.

—A l'hora de sopar et diré alguna cosa.

El pare de la Clara no va deixar de donar voltes a l'assumpte: «Quins perills deu haver corregut la meva filla? Què li pot passar a aquella periodista? I al seu nebot...? Es ficaran en un embolic la resta d'aquells vailets?».

Al final, va trucar per telèfon al contacte americà, un pèl-roig de gran nas. Mentre li explicava el que havia passat, li va enviar la còpia de l'anònim.

Un cop la va haver llegida, el pèl-roig va dir amb alleujament:

—M'alegro que la teva filla es trobi de nou a casa. Aquest cas no m'agrada gens. Aquí hi pot haver sang.

La família de la Clara vivia al segon pis d'una casa modernista de l'Eixample de Barcelona.

Faltava poc per a l'hora de sopar i la noia esperava el seu pare xerrant amb uns amics de tota la vida que, assabentats que havia tornat, tenien curiositat per saber el que havia fet i deixat de fer en el seu viatge a Amèrica.

Preguntes i més preguntes que ella veia en aquells moments com un autèntic foc encreuat de metralladora.

«No em puc concentrar en el que em diuen. Deu haver aconseguit alguna cosa, el meu pare? Ho deu haver esbrinat? Què deu estar fent en Bill ara...? Abans m'ha enviat un *e-mail* a casa dient-me que estava sol i que li respongués sense pors perquè ningú no el veuria..., però només li he pogut dir que havia tingut un bon vol i que em recordava molt de..., bé, de San Diego i dels cibernois, i... També hi he posat que penso en ell... M'ha dit que la Marilyn estava a punt de sortir, i que estigués pendent del meu ordinador per poder contestar-li quan m'enviés un altre missatge..., i potser donar-li la notícia que espera... D'on devia sortir l'anònim contra la tia Marilyn? D'on?»

Per fi va aparèixer el seu pare. Va arribar amb un cotxe de la policia. Quan estava a punt d'entrar al portal de la casa, ella va sortir a rebre'l.

—Saps alguna cosa?

—Sí.

—Des d'on el van enviar?

Ell li va fer senyal que el seguís. Es van ficar a l'ascensor, van baixar-ne al pis corresponent i des del replà van accedir al pis i s'assegueren a la sala, entre uns prestatges plens de llibres i un ficus exuberant. Per tota la casa hi havia plantes, flors, quadres i tapisseries de tons clars. La mare els va saludar i va desaparèixer tot aparentant que no sabia res de la història.

Ell va tancar la porta amb calma. Després va ensenyar a la seva filla el missatge que havia arribat a les seves mans no feia gaire.

—Mira. Encara està calent.

Semblava que la impressora estigués malament de tinta, però la nota es podia llegir bastant bé.

*Després d'examinar la traça de les capçaleres d'identificació dels servidors per on ha circulat l'*e-mail *fins a arribar a l'estafeta del proveïdor, podem afirmar que l'adreça <trapper@rumbitas.com> pertany a un comerç de begudes alcohòliques —A TIJUANA, MÈXIC— que correspon a la raó social* ***COMPAÑÍA DE NEGOCIOS EVOLUTIVOS*** *i disposa també d'un bar al mateix edifici anomenat Las Rumbitas Fritas. Des d'aquest local, qualsevol perso-*

na va poder enviar l'anònim per Internet sense deixar rastre, ja que disposa de diversos ordinadors connectats per atraure la clientela.

La noia va restar en silenci sense saber què dir. El seu pare va advertir:

—Sembla un assumpte perillós.

Ella va assentir amb els ulls i va retòrcer les mans.

—Sssí... —va deixar escapar en un xiulet llarg i sord.

L'home es va posar dret, va enfonsar les mans a les butxaques i, amb veu ferma, va dir:

—Crec que hem d'avisar la policia de San Diego. Aquest cas fa pudor de crim organitzat.

—Ho sento, però no podem fer-ho. He donat la meva paraula.

—Fins quan?

La Clara va romandre en silenci uns instants, i va decidir que havia de dir:

—Fins que la Marilyn publiqui el seu reportatge.

—Quina bogeria!

—No deus pas voler que manqui a la meva paraula?

L'home es va donar un copet al front.

—Quan el publicarà?

—Vaig a veure si em poso en contacte amb San Diego..., i ho puc esbrinar.

—Fes-ho de seguida, que la cosa crema. —Va mirar amb intensitat al fons dels ulls irritats per les lentilles i la inquietud—. Creu-me, fa molts anys que sóc a la policia i et dic que la cosa fa mala pinta. La periodista se l'està jugant, però també corren un bon risc els vail...

No li va deixar acabar la frase, i amb la mirada clavada en un horitzó imaginari es va dirigir a la petita habitació de l'ordinador.

Es va asseure i va recolzar el cap als palmells de les mans uns moments. Semblava que es volgués quedar adormida com una nena petita. Finalment, es va posar a teclejar.

Un cop va haver accedit a Internet, va anar a Eudora i va verificar si havia arribat correu nou. Sí, tenia un parell de missatges. Va notar que els batecs se li acceleraven, i encara més quan va veure que eren d'en Bill. El primer deia:

Hola, Clara,

Si saps alguna cosa, pots enviar-me un e-mail. *Estic sol a casa. La Marilyn tornarà d'aquí a una hora. B.*

Ja havia passat més d'una hora, però el segon missatge que acabava d'arribar ampliava el termini:

Clara,

La meva tia i el detectiu han anat a fer no sé què, i calculo que no tornaran abans de mitja hora. Si pots, aprofita per dir-me alguna cosa, perquè amb tot el que està passant els fa por deixar-me sol i no sé quan podré enviar-te un altre missatge. Fins aviat. B.

«Que estrany —s'anava dient la Clara mentre teclejava amb força i cometia errors que anava rectificant automàticament—. Mai no li diu tia, per a ell és la Marilyn, com si fos una amiga... I tant si ho és! Des que la seva mare es va morir ha estat la seva..., la seva... Ho ha estat tot, per a ell! —Va sacsejar el cap—. Bill, que malament que t'ho deus estar passant... Estimat Bill...»

Va entrar a Eudora. Fa fer clic a *Missatge* i després a *Nou missatge*. A la pantalla va aparèixer un formulari que va emplenar de pressa tot copiant l'adreça de la Marilyn i la seva, i ignorant el que no li va semblar imprescindible perquè el seu *e-mail* sortís com més aviat millor:

Per a: mwigdor@cmrff.com
De: clarperez@casaforum.es
Assumpte: Tijuana

Bill,

Las Rumbitas Fritas és un negoci de begudes alcohòliques que té un bar al mateix edifici amb ordinadors perquè la clientela pugui connectar-se a Internet. La gent pot enviar el que vulgui per e-mail *sense deixar rastre.*

Compte, Bill! El negoci es troba a Tijuana i s'anomena de veritat ***Compañía de Negocios Evolutivos.***

Una altra cosa: Si us plau, digues-me quan publicarà el reportatge la teva tia.

Vés amb compte. Sembla que l'assumpte és perillós. Una forta abraçada. Clara.

La noia va pensar, molt excitada: «I ara, el posarem a la cua de sortida». Dit i fet; va fer clic a *Cua*. Després va fer un toc a *Arxiu*, un altre a *Enviar missatges en cua*, i...

—Ja està —va xiuxiuejar.

Va verificar que el seu missatge hagués sortit tot fent clic a *Bústia* i després a *Sortida*. «Bé!», es va dir. Allà hi havia el destinatari, l'hora, la data i el tema de l'*e-mail* amb una *S* al davant que donava fe que tot havia funcionat bé.

Va començar a pensar en la *S*, i de sobte es va posar la mà al cap: «Que ximple que sóc! Amb les presses, no m'he recordat de la manera ràpida de respondre a un *e-mail*. Com es feia? Ah, sí! És molt fàcil. Podria haver treballat a sobre del mateix missatge d'en Bill —va anar teclejant sobre la pantalla, que l'ajudava a recordar—. Un clic a *Missatge*, un altre a *Resposta* i, fixa't, ja puja directament l'adreça de San Diego sense que m'hagi de molestar a escriure-la. Puc esborrar el que vulgui en el seu missatge, teclejar la resposta i ja està a punt per posar-lo a la cua de sortida...».

En Bill estava al peu de l'ordinador. Tan bon punt va rebre les notícies que la Clara li acabava d'enviar, va exclamar:

—Ho temia!

Després, els pensaments se li van encabritar i semblaven ones enormes i incontrolades: «Marilyn, Marilyn: com que anaves tant a Mèxic sospitava que els anònims t'havien plogut des d'allà. Però si entre els teus llibres fins i tot tens la guia telefònica de Tijuana. —La va agafar i es va posar a verificar si apareixia el nou nom. Però..., va buscar i rebuscar el número de Las Rumbitas Fritas, i res!—. És clar..., aquelles males bèsties s'amaguen sota una altra història... Quin nom més ridícul per despistar... —El va trobar—: Mira...!, aquí hi ha aquella companyia: Compañía de Negocios Evolutivos... Quina cara...».

A en Bill li agradava la música de les bandes de Seattle. Aprofitant que estava sol, tenia el volum molt alt i en aquells moments estava cantussejant a duo amb Kurt Cobain, de Nirvana.

El noi va desplegar un mapa de Tijuana i es va posar a buscar l'adreça. «Però si Las Rumbitas Evolutivas del diable, o com es diguin, estan molt a la vora del pont... Això està a prop d'aquell lloc amb parades de menjar al carrer i pantalles de televisió amb carreres de cavalls i apostes... A prop de la plaça del gronxador en què et lligues a una goma elàstica i, quan la deixen anar, fas un salt increïble...»

Continuava connectat a Internet i se'n va anar a Netscape. Després, com si estigués jugant, va anar observant els cercadors i va triar Lycos. A *Search the web of* va teclejar *Tijuana*, un clic en *Go Get it* i en la pantalla va aparèixer bona informació sobre la ciutat, des del frontó fins als toros, tot passant pel centre cultural i el preu del tren des de San Diego (1,75 dòlars per cada trajecte). «Haig d'anar a Tijuana i veure què s'amaga darrere d'aquell bar tapadora...»

En Bill volava amb la ment i ara es trobava en el moment del comiat de la Clara tot just a la porta d'embarcament: «Quan estava a punt de ficar-se a l'avió, es va girar i em va mirar d'una manera que...».

Va respondre sobre el mateix missatge de la noia. Va fer clic a *Missatge*, després a *Resposta* i l'adreça d'ella es va col·locar automàticament al seu lloc sense que hagués d'escriure-la. Va esborrar el primer paràgraf, va dividir la resta de l'*e-mail* en blocs, i va anar responent a sota de cadascun. Ella li havia posat:

—Compte, Bill! El negoci es troba a Tijuana i s'anomena de veritat ***Compañía de Negocios Evolutivos.***

Ell va contestar:

Resposta: Ja he trobat el seu telèfon i l'he situat al plànol. Conec aquella part de Tijuana.

I en Bill va continuar fent el mateix darrere dels paràgrafs de la Clara.

... Una altra cosa: Si us plau, digues-me quan publicarà el reportatge la teva tia.

Resposta: Em sembla que molt aviat.

... Vés amb compte. Sembla que l'assumpte és perillós. Una forta abraçada. Clara.

Resposta: Si és tan perillós com sembla, potser el teu pare té alguna cosa en els arxius de la policia.

Clara, s'ha d'anar a Tijuana i ficar el nas a Las Rumbitas. Potser allà podrem esbrinar alguna cosa.

Una forta abraçada. B.

En Bill va fer clic sobre *Cua*. Després va fer clic a *Arxiu* i *Enviar missatges en cua...*

I la Clara, que es trobava a tants quilòmetres de distància, va rebre de seguida el missatge. Va llegir l'*e-mail* un parell de vegades i es va sobresaltar: «Anar a aquell cau és com ficar-se a la gola del llop... Las Rumbitas Fritas deu ser una cova de criminals... Pobre Bill, i pobres cibernois... —Se li va quedar el cap en blanc durant uns instants, i va continuar donant voltes a l'assumpte—: Haig d'aconseguir que no vagi a Tijuana... Però..., la tia Marilyn potser s'està jugant la vida i en Bill potser la podrà salvar... Però..., i si li passa alguna cosa...? I si els passa alguna cosa als ciber...? Què puc fer...? Déu meu...!».

«La forta abraçada que m'envia en Bill» li va fer l'efecte que flotava, però la perspectiva del risc que correrien ell i els seus amics la va angoixar fins a fer-la empal·lidir. Uns cèrcols violacis li envoltaven els ulls.

Es va tancar a la seva habitació i va obrir el que anomenava «el meu cofre de les polseres». Va dubtar entre dues de tons molt foscos i va decidir posar-se la negra, negríssima; la d'atzabeja.

Aquella nit la noia va tardar molt a anar-se'n al llit. Ja era molt tard quan va verificar una vegada més en l'ordinador si havia rebut un correu nou. Aquesta vegada, sí; tenia un nou *e-mail* d'en Bill:

Hola, Clara,

Suposo que deus estar dormint. Aquí a San Diego tenim ara mateix molt de sol i molta calor. En Yoshio m'ha dit que ens ensenyarà la manera de connectar per Internet amb una càmera que està enfocant sempre la badia de San Diego. Així, quan et vingui de gust, podràs veure des de Barcelona quin temps fa per aquí.

Bé, al gra: demà anirem a Tijuana tots els del club. Ja t'ho explicaré.

És molt important guardar el secret. Si la Marilyn es pogués imaginar el que estem fent, m'enviaria de seguida a San Francisco. No permetria mai de la vida que ni jo ni vosaltres ens arrisquéssim per ella. De manera que muts i a la gàbia: cremallera a la boca.

Si per casualitat encara estàs desperta, posa't música de Nirvana. És la que estic escoltant en aquests moments. Si vas a Internet i busques a Netscape:

www.luth.se/nirvana/

Fes un clic a Nirvana Lyrics *i hi trobaràs lletres de cançons.*

M'alegro que una gent desconeguda, que feia música diferent a Seattle, hagi tingut un èxit tan gran. La Marilyn també és així; és una periodista que va per lliure i fa les coses al seu aire, i vull que ara tingui un gran èxit amb la seva exclusiva. Aquell reportatge esclatarà com una bomba i la farà famosa arreu del món. N'estic totalment convençut.

Adéu. B.

La nota va inquietar moltíssim la noia, i va contestar immediatament en clau, per si no estava sol:

Estimat Bill,

Si feu surf, no us arrisqueu. Compte! Quan les ones vénen de Mèxic són més perilloses. Tan bon punt aconsegueixi en vídeo la pel·lícula de la vida de Marilyn Monroe, la comentarem.

Un petó! Clara.

Des que va arribar l'*e-mail* de la Clara, els cibernois no van pensar en res més que a arribar-se a Tijuana per tractar d'esbrinar alguna pista al bar Las Rumbitas Fritas.

Primerament, van estudiar el lloc en un plànol de la ciutat i després van buscar la manera d'arribar fins allà. Aviat la trobaren; en Bill va demanar a la seva tia que els deixés acompanyar-la en una de les escapades a l'altra banda de la frontera.

Li va dir:

—Els meus amics estan a punt de tornar a casa seva: en Yoshio, al Japó; la Hilka, a Alemanya..., i m'agradaria que abans poguéssim arribar-nos a Tijuana... És un bon lloc per anar a comprar.

Va insistir i insistir amb tossuderia i finalment va aconseguir convèncer-la, tot i que la Marilyn va posar les seves condicions.

—Us deixaré al pont al matí i us vindré a buscar al mateix lloc a la tarda. —Amb la boca petita, va afegir—: Tinc moltes coses per fer...; a més a més, no vull que ens vegin junts.

Aquell dia, la va acompanyar en Tom —el detectiu—, i els nois es van asseure al darrere del tot terreny de rodes enormes que acostumava a conduir.

—Ens trobem a menys de vint milles —va dir—. Aviat arribarem a la frontera.

El matí era lluminós, però en Bill no deixava d'observar el detectiu, que tractava la seva tia amb una consideració exquisida. Anaven per la 5, i quan estaven a l'altura de l'univers verd del Balboa Park, el noi es va adonar que en Tom recolzava la seva mà en la de la Marilyn amb tendresa.

El noi es va dir: «Vaja, vaja... Que poc gust que tens amb els homes... Mira que és prim, aquest tipus. I tan repentinat que el barret que porta sempre no se li mou ni un pèl... I aquesta cicatriu a la barbeta que sembla un cometa».

En Yoshio pensava en la manera d'entrar a Las Rumbitas: «Ens hem de separar en dos grups. Els uns hi entrarem i els altres es quedaran a fora per demanar ajuda... per si ens passa alguna cosa i no podem sortir...».

El pont de Coronado s'alçava a la seva dreta sobre la badia de velers i d'aigües en calma. La Marilyn els va aconsellar:

—A Tijuana hi ha moltes parades al carrer, basars. Podreu comprar bones coses de pell i collarets, arracades, polseres...

Les «polseres» van fer blanc, i la Clara es va obrir pas en la imaginació d'en Bill: «De quin color la deu portar avui...? —A desgrat seu, va respondre—: Polsera vermella com la sang».

El detectiu es va dirigir a la Marilyn:

—Deixarem el cotxe en aquesta banda de la frontera.

—És clar, entrarem a Mèxic caminant. És el que acostumo a fer, són dues passes.

En Bill portava la camisa que tenia una cremallera a la butxaca i uns orificis. Allà dins alguna cosa es va moure amb suavitat. En Gautam se'n va adonar i es va preguntar: «Serà capaç...?».

—Podeu menjar *tacos* —va recomanar la Marilyn—. No són cars i són boníssims.

Els nois van dir que sí, però tenien el cap en una altra banda.

La Hilka portava a sobre un telèfon mòbil: «Quina sort que la meva família de San Diego m'hagi deixat aquest aparell. Si necessitem ajuda...».

A prop de la frontera, es va col·locar darrere seu la furgoneta de vidres fumats que els seguia des de feia una bona estona; al volant hi anava en Cascavell amb ulleres de sol i una gorra negra de gran visera. Tan bon punt va veure els acompanyants de la Marilyn, va afluixar la velocitat i va tornar a distanciar-se'n una mica.

«He demanat informes, i no... No senyor... aquell tipus no és de la poli. Ja ho deia jo... És detectiu... El que condueix aquest mastodont és detectiu, i dels bons. No m'agrada gens que s'estigui acostant a Tijuana amb aquella colla de tafaners del diable.»

El detectiu tot just acabava d'aparcar el tot terreny quan en Liu es va posar a recordar les coses que li havia ensenyat el seu pare: «És tan bon metge. Aquell dia que el vaig ajudar a curar un home i de poc se'ns mor a l'ambulància... Si una persona deixa de respirar, s'ha de... Ah!, sí! Potser em serà útil. Avui pot passar...».

Les cares dels nois reflectien qualsevol cosa tret de tranquil·litat.

La Marilyn i el detectiu van travessar la frontera amb pas ferm, ràpid, sense mirar enrere. Els nois —segons el que havien convingut— van esperar uns minuts i van fer el mateix caminant també a bon ritme. Un cop van ser a Tijuana, es van asseure al costat d'una parada de gelats, a la plaça del gronxador.

—Estem molt a prop de Las Rumbitas Fritas —va assegurar en Bill.

—Dividim-nos —va dir en Yoshio amb autoritat.

La Hilka va voler saber:

—Quins grups?

—Voluntaris per ficar-se a Las Rumbitas? —va preguntar en Bill.

Tots van contestar:

—Jo.

La Hilka, amb molt d'aplom, va dir:

—Hi entrarem en Yoshio, jo i... —Va fer un gran somriure; amb els ulls, la boca, amb tot el cos. Va mirar en Bill amb aire irònic—: Si et passés alguna cosa, la Clara no m'ho perdonaria.

En Bill va protestar:

—No facis broma. La Marilyn és la meva tia i he estat jo qui us ha ficat en aquest embolic... Si algú se l'ha de jugar, sóc jo.

—D'acord —va sentenciar en Yoshio.

En Liu va protestar.

—Es nota que en Gautam i jo som els petits, perquè si no... també vindríem amb vosaltres.

—Però jo no hi estic d'acord —es va queixar el noi hindú.

En Liu va argumentar:

—Si us trenquen el cap, jo sé coses de medicina.

Ho van estar discutint fins que es van acabar els seus refrescos. Els petits del grup finalment van acceptar.

—Però només una hora —va precisar en Liu—. Si al cap d'una hora no sou aquí mateix, aleshores nosaltres també entrarem a Las Rumbitas.

—Una hora i mitja —calculà en Bill.

—Si no apareixem d'aquí a dues hores —va dir en Yoshio—, no us fiqueu a Las Rumbitas. El que heu de fer és demanar ajuda.

—A qui? —va preguntar en Gautam.

Es va fer un silenci espès. En Bill va ser el qui el va trencar.

—Res d'avisar la policia... —I va parlar com si estigués veient el que farien—: No entrarem al bar fins que faltin un parell d'hores per tornar a San Diego. Si no apareixem, passeu la frontera i li ho expliqueu a la Marilyn, que ja ens estarà esperant al cotxe per tornar a casa.

Estaven tan nerviosos que es van posar a parlar tots alhora i a tota velocitat.

—Estarà amb en Tom.

—Sí, és detectiu i ens podria ajudar.

—De fatxenderia, no li'n falta pas.

—I tant!

—El que no sabem és si sap donar mastegots.

—Tant de bo no faci falta!

—Qui ens diu que és valent?

—Potser li ha dit a la Marilyn que és detectiu només per lligar amb ella.

—Heu vist com li estrenyia la mà al cotxe?

—Té pinta d'home que lliga molt.

—I de fatxenda.

—Us heu fixat en com porta el barret?

—De costat.

—O damunt les celles.

—Vol semblar un detectiu de pel·lícula.

En Yoshio va concloure:

—Sí, però... Té permís per portar una bona pistola i té uns bons punys.

En Bill es va dirigir als petits del grup:

—Heu de comprar unes quantes coses per poder ensenyar-les a la Marilyn. Si no, pot sospitar.

—No et preocupis. Comprarem per cinc.

En Yoshio va assenyalar un carrer; la Marilyn i el detectiu acabaven d'entrar en una oficina d'advocats.

En Bill va opinar:

—Deuen preferir que no hi anem. La Marilyn no vol que ens vegin junts.

La Hilka, en Yoshio i en Bill es van encaminar cap aquell maleït bar. El recorregut era curt i passaren davant d'oficines d'advocats de casaments i divorcis, d'emigracions i de passaports; farmàcies, venedors del carrer que oferien braçalets i anells de plata en caixes de fusta suspeses amb corretges damunt el pit. Van esquivar taxis grocs i finalment hi arribaren. Era allà: uns llums de neó i el rètol BAR.

En lletres molt petites i borroses, a penes visibles des del carrer, s'endevinava que posava Las Rumbitas Fritas.

Abans d'entrar, van decidir fer una volta al voltant de l'edifici. Com havien suposat, a la part del darrere hi havia un gran magatzem de begudes alcohòliques, però no es podien imaginar que allà també s'hi alcés un escorxador de bestiar. Per una escletxa de la porta, van poder veure vaques mortes obertes en canal i penjades al sostre. A terra hi ha havia bassals de sang.

La Hilka va dir en veu baixa:

—No m'agrada aquesta olor.

Va notar una esgarrifança.

En Yoshio es va posar de puntetes per poder veure-ho més bé.

—Fa pudor de mort.

En Bill es va passar la mà pels cabells.

—Hi hem d'entrar.

—Vinga, anem-hi —va exclamar la Hilka.

La música de Nirvana va esclatar a la ment d'en Bill.

Van tornar a l'entrada del bar i travessaren la porta tractant de semblar uns esbojarrats.

—A veure com ens funciona aquest lloc —va dir en Bill alçant la veu.

Els pocs clients del local el van mirar amb cara de «quin baladrer».

En un extrem, mig ocult, un individu semblava que estava navegant en un dels ordinadors.

Per tal que la sentís tothom, la Hilka va exclamar:

—Tant de bo tinguin Internet!

Ningú no va respondre.

En Bill va cridar el cambrer.

L'home s'hi va acostar. Era musculós, amb la pell de color d'oliva, i portava una samarreta cenyida. Feia cara de pocs amics.

—Escolta, ros, calma. —Li va disparar dos tocs amb els dits que li van deixar morats al pit—. Aquí es parla baixet. Si no us agrada, al carrer.

En Yoshio, sense immutar-se, li va deixar anar:

—Calma, calma...

—Volem navegar amb els ordinadors —va afirmar la Hilka tot assenyalant-los.

—No ho sé..., no ho sé... —va respondre l'home.

En Bill, com si dubtés, va preguntar:

—Que tenen Internet?

—El millor d'Internet. —Va serrar les dents, es va empassar la saliva i els amenaçà—: Si us passeu una mica, us faré fora a cops de peu.

Els nois no es van adonar que en Cascavell —que no havia deixat de trepitjar-los els talons des de San Diego— acabava d'entrar al bar amb cara de pocs amics. S'havia introduït a les tripes de l'edifici a través d'una porta protegida per un rètol de «privat, prohibit el pas». L'homenàs es movia com si fos a cal sogre i, després de recórrer un llarg passadís, es va tancar en un gabinet ple de pantalles de televisió. Des d'allà podia veure el que passava i deixava de passar a les diferents plantes.

Allò podia convertir-se en una autèntica casa dels horrors. En Cascavell es va fixar en l'escorxador, i, entre les vaques mortes, va distingir una forma diferent: era un home penjat pels peus en un ganxo, un home sense pell i obert en canal com una vaca a punt per ser especejada en filets, costelles...

En Cascavell va negar amb el cap: «Això abans no passava. Érem gàngsters però teníem les nostres regles... Ara no se sap qui diantre mana de veritat en l'organització, i a més a més aquestes carnisseries fastigoses. —Amb resignació, va afegir—: Però... hi estic ficat fins a les orelles i no hi ha sortida. No, no tinc alternativa. Haig de fer-ho, i punt... Si no, m'engegaran un parell de trets i a una altra cosa...».

En Bill estava teclejant en un dels ordinadors del bar. Va pensar en la Clara: «Li haig de dir que ja hem arribat, però no vull que se'ns vegi el llautó..., per si algú pot controlar el que escrigui». I li va enviar un missatge que volia semblar despreocupat:

Per a: <clarperez@casaforum.es>
De: Bar Las Rumbitas Fritas <trapper@rumbitas.com>
Assumpte: Surf boig sobre ones gegants de Mèxic.

Hola, col·lega,

Hem baixat fins a Tijuana com bojos. Ara passem l'estona jugant amb Internet en un bar fastigós. Tornarem a San Diego molt aviat, i t'enviaré un altre e-mail *aquesta nit des d'allà. Si no el reps, voldrà dir que hem tingut alguna rebentada en una roda o que ens hem quedat sense gasolina. Fins molt aviat. B.*

Un cop enviat l'*e-mail*, en Bill el va esborrar de seguida: «No vull que res de la Clara es quedi aquí dins». Se'n va anar a *Bústia*, va fer un toc a *Sortida*: «Bé, hi ha la S davant l'adreça de la Clara; el missatge ja ha sortit...!». Va fer clic sobre la línia de l'*e-mail* que acabava d'enviar i es va posar blava, després va fer un toc a *Esborrar* i «adéu. Res per aquí, res per allà...». Es va posar a tafanejar per si hi havia adreces de missatges anteriors, però també les havien esborrades.

Mentrestant, la Hilka no deixava de vigilar. Quan el cambrer va sortir a carregar unes caixes de begudes, els tres nois, sense pensar-s'ho dues vegades, van aprofitar i es colaren per la porta del «privat, prohibit el pas».

En realitat, el cambrer havia sortit per provocar-los: «Els he reconegut tan bon punt han entrat. Almenys en tinc mitja dotzena de fotos; vejam què farà ara aquest trio».

L'home portava una camisa amb uns quants botons descordats. Tenia molt pèl al pit i les venes semblava que se li anaven a rebentar sobre els bíceps. Quan els nois van haver travessat la porta, va tornar al taulell: «S'han ficat solets a la gàbia. —Va prémer un botó vermell i va pensar—: Ja està... Ja he donat l'alarma. Aquests insensats no saben on s'han ficat; bé, aviat estaran penjats en un ganxo..., a punt per ser convertits en salsitxes i carn picada d'hamburgueses».

En Cascavell va veure els llums d'alarma i molt aviat va distingir la Hilka en una de les pantalles de control. La noia portava els cabells de color de mel recollits en una mena de monyo. Tenia uns grans ulls. La seva mirada grisa va aparèixer un moment en primer pla. Ell va voler evitar-la, però no va poder: «Quins ulls... No sé si podré matar-la. El que és fàcil és exterminar milers de persones prement un botó i enviant un míssil, però un cop les has conegudes i les has mirades als ulls, que difícil que és... Tot i que, si no hi ha altre remei...».

En Bill i en Yoshio van avançar per un corredor; la Hilka es va quedar ressagada uns metres. Aleshores, el terra es va obrir sota els peus de la noia i va caure al buit.

Els dos nois van sentir un terrabastall i van veure com la Hilka s'enfonsava en el forat que s'acabava d'obrir i una trapa que es va tancar de seguida amb forts grinyols.

La van perdre de vista, però la van sentir cridar.

El cambrer estava a l'aguait just a sota de la trapa, i la noia va anar a caure en els seus braços durs i aspres.

La va agafar amb força pels turmells, i la va posar de cap per avall amb tanta brusquedat que el front de la Hilka va estar a punt de picar contra el terra. Aleshores, la va elevar com si fes un exercici de musculació i la va penjar pels peus en uns grillons que hi havia al sostre.

En Cascavell estava seguint el que passava des del seu lloc d'observador davant les pantalles: «És necessari tractar-la com una vedella...? El que està penjat entremig de les vaques és un tipus que ens va trair, escombraries... Però aquesta pobra noia amb aquests ulls... És massa».

Es va encaminar a la planta en què el cambrer estava interrogant la Hilka cridant fort per espantar-la.

—Què esteu buscant?

Ella, ennuegant-se, va respondre:

—El bany.

—Per què heu entrat per aquella porta?

—Buscàvem el bany.

—Que no sabeu llegir? Posa molt clar que està prohibit el pas.

—Ens hem confós.

—No em prenguis el pèl. —Li va donar una empenta amb ràbia i el cos de la Hilka es va balancejar com un pèndol—. Et penses que no sabem qui és la tia d'aquell ros?

—Què diu...? —va remugar.

El metall dels grillons se li enfonsava en els turmells i li feia mal.

—És la periodista que ens vol enfonsar amb el que escriu sobre nosaltres..., oi? Que ens prens per imbècils?

Es van sentir els passos ferms d'en Cascavell que s'anaven acostant. El cambrer es va girar i la noia va tractar d'aprofitar el moment per demanar auxili pel petit telèfon que portava en una butxaca amb cremallera. Va començar a teclejar un número, però ell se'n va adonar. Se li va acostar corrent i va tirar una coça tan gran a l'aparell que va sortir volant per l'aire.

Ella es va començar a marejar: «Quina angoixa... Tot dóna voltes, i jo penjada de cap per avall... Quina opressió...».

—Et penses que m'enganyaràs, tros d'estúpida? —va cridar.

En Cascavell va aparèixer amb aires de cap i cara de desaprovació.

—Per què l'has posada de cap per avall com si fos una bèstia?

—Perquè no s'escapi. No ens podem arriscar.

—Tanta por et fa?

La noia ho veia tot al revés i no va reconèixer en Cascavell. No obstant això, aquella veu rovellada li recordava alguna cosa.

El cambrer, torçant la boca, digué:

—Quan tinguem aquests tres vailets penjats pels peus, ja veuràs com se li abaixen els fums a la periodista.

—Si els tenim ben tancats, ja n'hi ha prou per poder tapar-li la boca.

Es va posar a riure amb unes rialladas molt desagradables, inacabades.

—Amb el ros ja en tenim prou. Només amb un... Aquella periodista de pacotilla no s'atrevirà a jugar-se la vida del seu nebot.

—En això hi estem d'acord.

El cambrer va assenyalar la Hilka.

—Podem vendre unes quantes hamburgueses amb la carn d'aquesta noia; sembla força tendra i sense colesterol... I encara ens en queda un altre per a carn picada.

En Cascavell va negar amb els ulls.

—No cal matar-los.

—No deus pensar deixar escapar els altres, oi? Poden haver vist coses que el cap no vulgui que sàpiguen.

—El cap, el cap... Qui és el cap?

—No ho sap ningú.

—Aquella periodista ha escrit que no ens deixarà en

pau fins que no esbrini qui mana en la nostra organització.

—Per això s'ha d'atacar sense contemplacions.

—Sense contemplacions, bé; però amb cap, també —va advertir en Cascavell.

Va agafar la clau dels grillons i va despenjar la noia.

—Sota la teva responsabilitat —va escopir el cambrer.

—No et preocupis; la tancaré en aquest soterrani, que està ple de rates. —I, amb autoritat, va afegir—: Ara, l'important és deixar-se de ximpleries i agafar els altres dos.

La Hilka es va asseure a terra i va recolzar el cap en les mans: «No sé si ho hauria pogut aguantar més... Sembla que m'està passant el mareig..., i l'angoixa...».

—Vinga, la tancarem d'una vegada i anirem a buscar els altres dos.

—Deuen estar amagats. Quan sona l'alarma no pot sortir ningú.

—Els caçarem com conills.

—No serà tan fàcil —va dir en Cascavell amb un somriure enigmàtic.

La Hilka va clavar els ulls en l'homenàs, i, de sobte, es va recordar de la festa de comiat de la Clara. «Aquest és aquell tipus que es va presentar al penya-segat i ens va convidar. Mare meva...!; ens deu estar vigilant des de llavors... Això s'acabarà malament, molt malament...»

En Bill i en Yoshio s'havien introduït al gabinet de vigilància i —en una de les pantalles de televisió— estaven veient el que passava: «Hem de fer alguna cosa...; hem de fer alguna cosa, ja! No pot ser... No pot ser... No!».

En Cascavell sortia d'esquena en gairebé totes les imatges i per això mateix els nois no el reconegueren.

Els dos homes es van emportar la Hilka. Aviat van aparèixer en una altra pantalla, i la van tancar en una habitació estreta i humida que es trobava a sota del bar Las Rumbitas Fritas.

En Cascavell es va dirigir de nou al gabinet de vigilància. En Yoshio va advertir:

—Aquest se'ns tirarà a sobre. Hem de sortir d'aquí.

—Per aquí —va dir en Bill tot assenyalant en una pantalla.

Era l'únic camí que els portava al soterrani en què havien tancat la Hilka sense ensopegar amb l'homenàs que s'acostava.

Van sortir a corre-cuita tot procurant de no fer soroll. Quan van arribar a la planta en què havien penjat la noia, es van quedar glaçats amb els ulls clavats en els grillons que encara penjaven al sostre.

—Hem de treure-la d'aquest forat —va dir en Bill, convençut.

I s'encaminaren cap a la porta del soterrani.

Ara els nois avançaven molt a poc a poc amb el cos enganxat a la paret.

Quan gairebé ja hi eren, de sobte, una mà de ferro va sorgir de la foscor i va agafar en Bill.

Era la mà del cambrer, que havia agafat el noi i li clavava amb força els dits durs com pedres.

En Yoshio, que avançava darrere el seu amic, va fer un salt i va aconseguir escapar-se. L'home el va amenaçar agitant amb ràbia l'altre puny.

—Corre, corre tant com vulguis. Esteu tancats en una gàbia i no podreu sortir d'aquí.

Mentre cridava, anava enfonsant cada vegada més les seves ungles en el braç d'en Bill.

En Yoshio s'escapolí i es va anar a amagar entremig de les vaques mortes penjades als ganxos. Quan va passar davant de l'home sense pell que també estava penjat al sostre, es va dir: «Hem de sortir d'aquí com sigui. Aquesta gent és capaç de fer-nos qualsevol barbaritat. Aquests són capaços de matar-nos i esquarterar-nos. Com sortirem...? Deu ser veritat que ens han engabiat...?».

El cambrer es va emportar la seva presa a empentes. Quan ja es trobaven a prop dels grillons que estaven penjats al sostre, en Bill va aconseguir d'obrir dissimuladament la cremallera de la butxaca de la seva camisa.

L'home l'anava a agafar pels turmells per posar-lo de cap per avall, però el noi —en un moviment molt ràpid— va extreure de la seva butxaca una petita serp amb bandes vermelles i negres, i la va deixar caure dins el coll descordat de la camisa de qui el tenia agafat.

El cambrer va cridar espantat:

—Una serp corall!, una serp corall!

I va intentar treure-se-la de sobre amb manotades brusques. La serp, espantada, el va picar.

En Bill va aprofitar el moment de desconcert per refugiar-se en un corredor fosc i observar el que passava: «L'ha mossegat. Sí, l'ha mossegat...».

L'home va sortir corrent amb desesperació.

—És mortal, és mortal aquesta picada... És mortal. —I, com un esperitat, va entrar a Las Rumbitas demanant—: Una ambulància, de pressa; m'acaba de picar una serp.

En Bill no va poder reprimir un somriure: «S'ho ha empassat. Tothom la confon..., per això no la vull ensenyar... Però no és una serp corall. I ara! La meva petita Mimí és afectuosa i no fa mal... Això sí, és ben igual que una serp corall...».

En Yoshio hi va anar de seguida quan va sentir els crits de vençut d'aquell maleït cambrer. Ell i en Bill es van adonar de l'ocasió que se'ls presentava. Van agafar un parell de barres de ferro i es van acostar a la porta del soterrani on havien tancat la Hilka.

—Que ets aquí?

La noia, una mica moixa, va contestar:

—Sí...

Allà dins se sentia una remor de rates que corrien.

Van fer servir les barres com a palanques i amb molt d'esforç van aconseguir que la porta cedís.

La Hilka va sortir amb un pal a la mà.

—Amb això he anat espantant aquells animals. Quin fàstic, mai no n'havia vist tantes. M'agraden tots els animals, menys les rates. Menys les rates, menys les rates, menys les rates...!

Quan estaven a punt d'escapar-se per una escala de mà, «a veure si podem enfilar-nos fins a la teulada i marxar d'una vegada», va sonar la veu d'en Cascavell darrere d'ells.

—Molt bé, molt bé. Ho he vist tot des dels meus televisors. —Va fer grans riallades—. El millor, allò de la serp corall... Com aconsegueixes que no et piqui, noi?

En Bill, amb veu incolora, va respondre:

—Som amics.

Es va callar que no era verinosa, se'l va mirar de dalt a baix i el va reconèixer. L'homenàs se'n va adonar.

—No t'esperaves trobar-me per aquí, oi que no?

—No —va respondre el noi, com si pensés: «Aquesta no és la sorpresa més gran del dia».

En Yoshio també l'havia reconegut i l'observava preocupat: «Deu ser una organització important... Fins i tot tenen aquell bar com a tapadora per ficar-se a Internet».

La Hilka va clavar els ulls en els d'en Cascavell. L'home va tractar de desviar la mirada, però no ho va aconseguir: «No puc matar aquesta noia». En Yoshio i en Bill també el miraven amb intensitat.

En Cascavell va pensar: «Si els ajudo a escapar-se, aquesta bèstia —es referia al cambrer— serà qui carregarà el mort... —Va assentir movent el cap—. L'enrenou que s'ha armat amb la picada de serp em dóna una bona excusa...».

L'homenàs els ordenà:

—Seguiu-me. No em pregunteu per què, però us ajudaré a escapar-vos.

En Bill va exclamar:

—Una altra trampa?

—Teniu cap més alternativa?

El noi es va posar els dits a la butxaca en què descansava la serp.

—Potser sí.

En Cascavell va advertir-li:

—No podràs repetir el teu número de circ amb la serp. Aquestes coses només surten bé amb gent desprevinguda —i va dir «gent desprevinguda» amb una mica de menyspreu.

La Hilka va mirar amb profunditat l'homenàs i va assegurar:

—Jo el crec.

En Bill va arronsar les espatlles.

—Ja ho veurem.

La noia va assegurar:

—Si no arriba a ser per ell, encara estaria penjada de cap per avall..., i no sé si ho hauria pogut resistir.

Va notar una esgarrifança a l'esquena i va assenyalar les ferides sanguinolentes que tenia als turmells.

En Yoshio li va donar suport.

—Ens arriscarem.

—D'acord —va admetre en Bill.

En Cascavell va indicar amb el dit la porta del soterrani on havien tancat la noia; es van ficar allà. Va encendre un encenedor i es va posar a buscar alguna cosa a la paret del fons. Les rates corrien amunt i avall; els nois les havien d'anar espantant a cops de pal.

«Pobra Hilka, quina mala estona que deus haver passat en aquest lloc de malson», pensava en Yoshio.

L'home finalment va trobar el que buscava. Amb la mà va decantar uns maons que estaven solts i va introduir-hi el braç. Va anar palpant fins que per fi va trobar un botó. El va prémer i es va obrir una porteta dissimulada.

Amb la llum de l'encenedor, es va il·luminar la cara i va indicar:

—Seguiu el passadís i sortireu directament al carrer.

La Hilka li va donar la mà.

—Gràcies.

En Cascavell es va acostar encara més l'encenedor i, amb tristesa, va dir:

—Si un dia m'agafen, almenys vosaltres podreu parlar bé de mi en el judici.

En el trajecte de tornada a San Diego, la tia Marilyn i el detectiu no van parar de fer-los preguntes sobre el seu terrible aspecte.

El més difícil d'explicar eren les ferides de la Hilka.

—Me les he fet amb uns ferros —es va excusar—. Mala sort..., molt mala sort.

La Marilyn, preocupada, li va dir:

—T'hauràs de vacunar contra el tètan.

—Em van vacunar fa un parell de mesos.

—N'estàs segura?

—Del tot.

El detectiu va voler saber:

—Com ha estat?

En Yoshio va respondre:

—Hem estat en una mena de circ i hi havia coses perilloses.

—Quines coses? —va preguntar l'home amb inquietud.

—Una mena de gronxador.

—Com el d'aquella plaça amb la goma elàstica que et dispara?

—No exactament.

Els nois no volien dir cap paraula compremetedora, i tant la Marilyn com en Tom —el detectiu— semblaven cada vegada més preocupats pel que els podia haver passat.

Quan es trobaven a l'altura del Chula Vista River Resort, en Bill pensava: «M'haig de ficar en l'ordinador de la Marilyn i fer una ullada a l'article que està escrivint ara mateix... Allà hi deuen haver les pistes... I l'haig d'enviar a la Clara... Sí, li enviaré tot l'arxiu per Internet; és un moment... El seu pare és cap de policia i potser lligarà caps. —Va pensar en el reportatge de la Marilyn, i va serrar les dents amb molt de convenciment—. Jo també seré periodista; com ella, com Mark Twain, que era reporter del Sacramento Union... A la meva classe ja he organitzat una mena de butlletí de notícies; és una manera de començar a embrutar-me les mans de tinta».

Es va mirar els dits. Els tenia negres com els d'un carboner.

La Marilyn els va preguntar pel dinar. Els nois tenien preparada la resposta.

—Els *taquitos* eren boníssims.

—Que bons!

—Ens n'han donat tres per un dòlar.

—Bon preu.

—M'agraden més els *taquitos* que els *burritos*.

La periodista va relaxar els músculs de la cara uns moments, però va tornar a enfonsar-se al laberint de les seves elucubracions: «La Hilka de poc que no es trenca el cap; què li deu haver passat...? I en Yoshio...?, que sempre va impecable amb roba molt elegant..., on es deu haver ficat per embrutar-se així...? I no parlem d'en Bill, que no sé pas què sembla... I a penes han comprat records per a les seves famílies... La veritat, no entenc res, però em fa mala espina».

El detectiu va insistir:

—Per què no m'expliqueu d'una vegada el que us ha passat?

—La culpa ha estat meva —va dir en Yoshio tractant de resoldre l'assumpte.

—No..., no... Hauríem de presentar una denúncia. A Tijuana hi ha molt d'interès a tractar bé el turisme i estic segur que agrairien saber el que us ha passat perquè no es torni a repetir.

«Denunciar, denunciar... Es nota que pensa com un detectiu —va reflexionar en Liu—. Quina mania de denunciar; li ha agradat pronunciar aquesta parauleta.»

La Hilka estava absent; volia oblidar com més aviat millor veure's penjada de cap per avall, i sobretot es volia oblidar de les rates: «Tant que m'agraden el meu gos, el meu gat, la meva tortuga... Fins i tot defenso els animals salvatges en la meva colla de Berlín... Però les rates em fan un fàstic horrorós. No les puc suportar. —Per intentar allunyar-les de la seva ment, va empènyer els seus pensaments cap a un altre camí—. Quan arribi a casa, el primer que faré serà introduir a Eudora les adreces de correu electrònic d'Internet dels del club... Així tindré una agenda automàtica i no farà falta escriure l'adreça cada vegada que els hagi d'enviar un *e-mail*..., que seran molts. Segur, seguríssim...».

En Bill continuava reflexionant: «La cosa deu ser bastant lletja... Què hi feien la Marilyn i el detectiu en una oficina d'advocats de TJ? —L'assaltà un dubte—: Que potser pensen casar-se? No ho crec, però al carrer posava alguna cosa com ara *Advocat, informació*, i també *Casaments i divorcis*. Sí..., ho he vist en aquesta i en altres oficines de TJ... A veure si aquest tipus és casat i primerament s'ha de divorciar per la via ràpida... Marilyn, has dit tantes vegades que no perquè no ho veies clar, que espero que ara no fiquis la pota amb aquest pesat».

En els seus pensaments, que giraven sense parar, Tijuana s'havia convertit en una te i una jota.

Ja es trobaven a l'altura del pont de Coronado i tots restaven en silenci. Cadascun d'ells estava capficat en els seus pensaments; només se sentia el soroll de l'aire condicionat del cotxe.

La Hilka, per fer fugir les rates de la ment, continuava construint la seva agenda automàtica d'Internet: «Ho veig... Sóc a Eudora. Faig un clic a *Finestra*, un altre a *Agenda* i un altre a *Nou*. Aquí escric el nom d'en Yoshio, per exemple. Faig un toc en el quadradet de *Posar-lo a la llista de destinataris...*, i un *OK*. Ja puc posar l'adreça d'Internet on hi ha el cursor a *Adreces...* Tanco *Agenda* i dic que sí a *Guardar canvis?* —Ho anava veient tot en la imaginació, i els mals records retrocedien—. Ara, enviaré el missatge: *Finestra*, *Agenda*, clic sobre l'afortunat que rebrà les meves notícies..., i la línia es torna blava de contenta. Finalment, un clic sobre *A*: Ja està».

Aleshores van sentir un gran terrabastall sobre els seus caps i els semblà que alguna cosa anava a xocar amb ells.

Era un avió dels més grans que estava a punt d'aterrar a l'aeroport de San Diego, que volava enganxat a l'autopista.

El detectiu, amb aires de suficiència, va comentar:

—Sembla que hagin d'aterrar damunt del cotxe o de les cases.

—M'encanta que l'aeroport sigui a la ciutat —va dir la Marilyn.

—Fins que ens posem un Jumbo per barret.

«Quina llauna —va pensar en Bill tot dirigint els ulls al sostre—. Per què no calles, home...?, que callat estàs més guapo...»

—T'encanta veure el costat dolent de les coses, oi que sí?

—Deformació professional.

La Marilyn va dir amb sequedat:

—Deixem-ho en deformació i punt.

«Ben dit —es va dir en Gautam rient entre dents—. Què s'ha cregut, aquest fatxenda...?»

En Yoshio pensava en altres coses: «Abans que tornem a casa nostra, hem d'inventar-nos un joc que ens mantingui units. Una mena de lliga amb els del club a través d'Internet..., una lliga amb premis i tot...».

En Liu s'havia assegut al costat de la Hilka. Li estava netejant les ferides dels turmells.

—Sort que aquest cotxe porta farmaciola. I quina farmaciola...

El detectiu, amb suficiència, va aprofitar per dir-los:

—S'ha de ser previngut.

—Si no fos per tu... —va comentar la Marilyn, irònica—, no sé pas què faríem.

En Liu ja estava acabant la cura. Li va posar unes gases i la va embenar.

—No són profundes.

La Marilyn, sense dubtar, va dir:

—Una veïna és pediatra. Vull que et vegi ara mateix.

El detectiu els va deixar a tots a casa de la Marilyn i es va acomiadar tot posant-se la mà a l'ala del barret.

—Fins aviat, nois —va dir amb veu estudiada.

El nas d'aquell home encara semblava més afilat. Feia pensar en una au amb els ulls encesos com puntes de cigarret. Va engegar el cotxe i va dir adéu disparant un dit per la finestreta.

En Yoshio i en Gautam van marxar amb bicicleta, i en Liu patinant com un equilibrista. La Marilyn es va arribar a casa de la doctora amb la Hilka. En Bill li va xiuxiuejar a l'orella:

—Avisa'm abans que la meva tia torni a casa. Truca'm per telèfon... No vull que em trobi amb les mans a la pasta.

El noi va córrer cap a l'ordinador pensant: «A veure..., a veure...».

Va fer clic a *Arxiu* i li va aparèixer com a més recent:

TOPACT

Però no va poder llegir el text; estava protegit per una contrasenya. Va provar amb *Bill*, però aquest cop no va funcionar. Ho va intentar amb la data de naixement de la tia Marilyn, amb la seva adreça, i «res de res». Va anar fent proves i més proves fins que gairebé sense pensar va escriure *Billy* i allò va actuar com un «obre't sèsam».

Va aparèixer el reportatge que estava escrivint la Marilyn: «Tirar la pedra i amagar la mà. Últim acte».

El va devorar.

Li va semblar especialment revelador.

La banda que està netejant diner brut forma part d'una estructura de delinqüència organitzada que té una de les seves bases operatives a Tijuana, Mèxic.

L'importantíssim flux de diner procedeix del tràfic internacional de drogues, i el més greu de l'assumpte consisteix en el fet que ningú no coneix —de moment— l'autèntic cap.

No obstant això, em penso que estic en el bon camí

per arribar a identificar-lo. Espero disposar aviat del nom i de les proves.

«Quin escàndol que armarà —va pensar en Bill—. Enviaré aquest arxiu a la Clara. Això ho ha de veure el seu pare, ja!»

Va entrar a Eudora i a *Missatge.*

Li va posar:

T'envio un arxiu amb el reportatge explosiu que està escrivint la Marilyn. Si no pots llegir-lo, està protegit per la contrasenya Billy. Digues-me alguna cosa.

Va tornar a *Missatge*. Un clic a *Afegir documentació* i aparegué *Afegir arxiu.* Un altre toc a l'arxiu *TOPACT* i a *Acceptar.*

«Ja està; ara és com enviar un missatge normal... —es va dir—. Vaig a *Cua* i...»

A Barcelona, la Clara estava dormint molt malament. «Els deu haver passat alguna cosa...? Mai, mai, no s'haurien d'haver ficat a la gola del llop... Els ho hauria d'haver tret del cap. Ja haurien d'haver tornat... On deuen ser...? —La molestava, i molt, el paladar de plàstic—. Quina llauna que m'està donant la meva mare amb les dents, amb la cantarella de "si m'haguessis fet cas ja les tindries bé. Quan siguis més gran m'ho agrairàs..."»

Es va acostar a l'ordinador i va fer un salt en veure que tenia un *e-mail* de San Diego. Es va treure el paladar, «vull estar tranquil·la», i el va llegir amb avidesa. «Ho haig de dir al meu pare. El desperto...? No el desperto. El desperto...? M'esperaré una mica, perquè ja és molt tard i no falta gaire perquè es llevi.»

L'home va sentir soroll i va aparèixer.

—Que bé. M'alegro que t'hagis llevat —va dir ella—. Mira el que acabo de rebre.

Ell va analitzar l'*e-mail*. Va agafar un full i va anar escrivint, com si omplís uns mots encreuats.

Banda, diner brut, delinqüència organitzada, importantíssim flux de diner, tràfic internacional de drogues, cap aparentment desconegut.

Caminava per la sala amb les mans al darrere i el cap enfonsat al pit. Ella l'observava en silenci.

—Vols un cafè?

—Gràcies.

—El prepararé en un moment.

Molt aviat es va sentir el soroll bullent del colòmbia i l'aroma va arribar fins a la sala.

Quan la noia va portar les tassetes, ell estava assegut a la seva butaca preferida amb els peus recolzats en el cantell d'una tauleta baixa. Va assenyalar el paper:

—El còctel és explosiu. Mala cosa, sí senyor. Molt dolenta...; em sembla greu. Greu i perillosa.

—Què farem?

Després d'un silenci, va recolzar la barbeta a les puntes dels dits.

—Interpol, DEA, FBI...

La noia va arrufar les celles.

—Si parles amb ells, tothom se n'assabentarà i la tia Marilyn perdrà l'exclusiva.

Una espurna va il·luminar els ulls del pare de la Clara.

—Hi ha una possibilitat. L'assumpte sembla molt gros, i pot ser que l'FBI vagi darrere les passes del cap d'aquesta organització, i...

—I...?

Es va posar dret d'un salt.

—Anem a l'ordinador. —Van connectar amb Internet—. Naveguem fins a l'FBI.

La Clara va passar per Netscape. Després, per *Marcadors*, i a *Cercadors* va elegir Yahoo! Va teclejar *fbi* i va fer clic en *Search*.

A la pantalla hi va aparèixer:

Government Agencies Executives Branch: Department of Justice Federal Bureau of Investigation (FBI).

—Som a l'FBI —va dir la Clara amb excitació.

Van anar movent el que tenien davant els ulls fins a arribar al títol:

FBI Top Ten Most Wanted Page.

Al costat del títol de la pàgina dels deu més buscats es veia el dibuix d'unes ulleres fosques.

Van fer clic en el títol i van anar apareixent les cares i els delictes dels delinqüents.

Sobre algun d'ells posava *Capturat*. A vegades s'anunciaven recompenses.

Després de fixar-se una vegada i una altra en aquelles fotos, la noia va tenir la sensació d'haver reconegut alguna cosa: «Però no sóc capaç de saber què. És terrible; sembla que el tingui davant els meus ulls i que no pugui saber qui...».

Va prendre nota d'aquella adreça i la va enviar per *e-mail* a en Bill.

http://www.fbi.gov/wanted/topten/fugitives.htm

El noi va notar com l'electricitat li recorria l'espinada i es va dir: «A veure». Va accedir de seguida a l'FBI i es va posar a analitzar amb detall els trets dels que anaven apareixent a la pantalla. Es fixava molt en els ulls i en els delictes que havien comès. Una de les recompenses arribava fins a quatre milions de dòlars: «Amb aquest munt de diners podríem fer unes quantes voltes al món tots els del Club dels cíber».

Va imprimir les fotografies i les va anar observant amb calma. També va tenir la sensació de percebre un no sé què conegut, tot i que no va ser capaç d'endevinar-lo.

Aquella nit el noi va dormir amb molta agitació i va veure en somnis les cares amb banyes, amb cua, amb bigoti, sense bigoti...

L'endemà es va posar a dibuixar a sobre dels rostres dels delinqüents. En Yoshio va arribar quan estava posant una llarga barba a un assassí.

Els dos vailets van continuar pintant ulleres, barrets, arrugues...

I de sobte es va fer la llum.

Va ser la cicatriu de la barbeta. Una cicatriu en forma de cometa. Aquell home amb un gran bigoti blanc, ulleres i cabells rapats es va transformar en les seves ments:

—Aquesta mirada de voltor... —va exclamar en Bill.

En Yoshio va dir:

—Aquest nas d'ocellot.

Li van eliminar el bigoti, li van treure les ulleres i li van posar uns cabells molt repentinats. Després van fer diverses proves tot dibuixant-li un barret amb l'ala sobre les celles i inclinant-lo de diferents maneres...

Fins que van aconseguir veure'l.

—És ell —va afirmar en Yoshio.

—Sí. És el detectiu, però amb més quilos. Quin tipus més cínic, i encara ens dóna lliçons tot el dia. El que s'ha de veure... —En Bill va anar passant de l'alegria de desemmascarar el fals amic de la seva tia a la inquietud més ardent—. Avui és a TJ amb la Marilyn... És clar!, s'hi ha enganxat per poder controlar el que pugui descobrir.

En Yoshio, molt seriós, va dir:

—I per vigilar-la, per allunyar-la, per despistar-la.

En Bill va tancar els punys.

—Li deu seguir la veta perquè no sospiti d'ell.

—L'hem d'avisar de seguida —va dir en Yoshio—. Si avança massa, aquest tipus pot...

Es va interrompre, i en Bill va acabar la frase.

—Pot matar-la.

—Segur que aquell tipus ja sap que ens vam ficar al seu cau de Tijuana.

—Sí, i deu estar dissimulant.

—Mira el que posa l'FBI.

Li va ensenyar un full amb les dades d'Internet i va assenyalar:

... Responsable de múltiples assassinats. Individu de gran fredor i crueltat que a vegades adopta diferents personalitats. És el cap de l'organització. S'ofereix una recompensa de mig milió de dòlars per...

En Yoshio i en Bill van cridar els companys del club i tots van acabar veient en els dibuixos la cara del detectiu —de l'amic de la Marilyn—, que resultava que era un dels deu més buscats.

En Liu va dir:

—Em va estranyar que portés una farmaciola tan completa al cotxe. Semblava que anés preparat per a la guerra, però... qui s'havia d'imaginar una cosa així?

La Hilka va comentar, horroritzada:

—Aquest assassí és ara a Tijuana amb la Marilyn. Si ella descobreix massa coses, pot demanar que la pengin de cap per avall..., o que la fiquin en un soterrani ple de rates, o...

Es va tapar la boca amb les mans i no va poder continuar parlant.

En Bill notava una enorme pressió sobre el cap, com si estigués bussejant a molta profunditat. Es va acostar a l'ordinador i va enviar un *e-mail* a la Clara.

Has encertat amb això de les cares de l'FBI. Fixa't en la cara de Charles Smith. Treu-li les ulleres i el bigoti, dibuixa-li uns cabells repentinats, imagina-te'l més prim, i et surt el detectiu amic de la Marilyn. Quin perill. L'avisarem, ja!

B.

Els cibernois no es van moure de casa de la tia Marilyn. L'espera els anguniejava, els cremava, els deixava en silenci. Estaven a punt d'anar-se'n amb tren cap a Tijuana a veure si la trobaven i podien avisar-la del perill. De sobte, va sonar el telèfon.

Era la Marilyn.

—Hola, Bill. Com es troba la Hilka?

—Que estàs sola? —va demanar el noi ofegant-se.

—Amb en Tom.

En Bill es va quedar sense parla. «És amb el detectiu. Amb el fals detectiu!, amb aquell assassí, i ella no en sap res —es va dir amb una gran angoixa—. I ara què faig?»

—On ets? —va preguntar amb un fil de veu.

—A Tijuana. Segueixo una pista que em porta a un escorxador de bestiar, al costat d'un magatzem de begudes alcohòliques... —Es va interrompre—. Però, digues-me d'una vegada com es troba la Hilka.

Tots els nois estaven pendents del telèfon; l'aire es podia tallar. En Bill es va posar una mà al cap i va pensar: «En aquell escorxador el detectiu la pot convertir en hamburgueses... Haig de fer alguna cosa sense que ell se n'adoni; haig de...». I va deixar anar:

—La Hilka està molt malament.

—Què li passa?

—Has de tornar de seguida.

—Tan malament està?

La va metrallar:

—Fatal! Fatal! Has de tornar ara mateix. Ara mateix!

Es feia de dia.

Quatre cotxes de policia s'acostaven a casa del fals detectiu. A les pantalles dels ordinadors dels vehicles brillava la seva foto servida per Internet.

En un semàfor vermell es van aturar i va travessar una furgoneta de repartiment de diaris; aquell dia portava més exemplars.

A la portada hi anava l'exclusiva de la Marilyn amb una foto de l'home. Es titulava: *Desemmascarat el cap de l'organització criminal.*

Els cotxes de policia es van aturar amb suavitat i es col·locaren tancant el pas a una possible fugida d'un dels deu més buscats.

Se'l van emportar emmanillat. Semblava un voltor caigut. S'havia hagut de vestir a corre-cuita, però va insistir a posar-se el barret amb l'ala caiguda sobre els ulls i un toc de coqueteria.

A pesar de la discreció amb què succeïren els esdeveniments, alguns veïns van treure el cap atrets per l'escena, que tenia un aire de pel·lícula.

Es va sentir comentar:

—Qui s'ho havia d'imaginar!

A Internet no es va tardar gaire a llegir-se damunt la seva cara:

Capturat.

En Cascavell, tan bon punt es va assabentar de la notícia, va fugir corrents i es va amagar en una petita illa del Carib.

Els cibernois ja estaven a punt de tornar a casa seva, però van voler celebrar una trobada i deixar establert i ben establert el club.

Van aprofitar un matí en què la Marilyn va ser convidada a participar en un programa de televisió i quedaren a casa seva. Es van asseure a terra formant un cercle a prop de l'ordinador.

Estaven tan contents que es van posar d'acord de seguida.

—Clara, campiona.

Van decidir que es deixés en mans del guanyador l'elecció del lloc del viatge i l'organització.

—Li enviarem un *e-mail* —va dir en Yoshio.

Dit i fet.

Clara,

Com que ens has donat la pista de l'FBI, has aconseguit la primera lliga del nostre club. Tens dret a triar el lloc del pròxim viatge. Qui guanya ho organitza tot. Digues-nos alguna cosa.

Els cíber.

La Clara va contestar de seguida.

Estic encantada de ser la primera campiona. Trio per al pròxim viatge: Barcelona...

Tots es van veure a l'avió. Van brindar amb suc de pastanaga i van continuar donant voltes al futur torneig.

En Bill estava cantussejant quan se li il·luminaren els ulls.

—Tinc una idea per a la nostra lliga: preguntar coses sobre cantants o grups musicals que puguem buscar tots navegant per Internet. I... un punt per al primer que ho endevini.

—Ja tenim lliga. M'agrada la idea —va assegurar la Hilka.

—Com els cavallers de la Taula Rodona —va declarar en Bill.

Havia posat música de Seattle i amb solemnitat va començar a llegir un *e-mail* de la Clara.

Estimats cíber,

Hem guanyat la recompensa i ha estat mèrit de tots. Proposo destinar-ne una part a pagar-nos un gran viatge i deixar la resta en un banc per a noves aventures en el futur. Què us sembla?

Una abraçada!

Clara.

—Què us sembla? —va preguntar en Bill.

Estaven eufòrics perquè havien resolt el cas i van trobar la proposta magnífica.

Es recrearen parlant de possibles destinacions per al primer viatge: Nova Delhi, Tòquio, Hawaii, Hong Kong, Berlín, Barcelona. Ja es veien volant, travessant fronteres.

Després van parlar del concurs que organitzarien, i en Yoshio va dir:

—Cadascun de nosaltres pot proposar un enigma als altres per Internet.

—El primer que l'endevini, guanyarà un punt —va afegir la Hilka—. I la lliga continuarà amb nous enigmes.

En Liu es va posar dret.

—Per haver-nos donat la pista dels més buscats per l'FBI, podem concedir a la Clara el títol de guanyadora d'aquest any.

—Qui fa la primera pregunta? —va dir en Yoshio.

En Gautam es va donar un cop al pit.

—Jo.

Va anar a buscar una guitarra vella de la tia Marilyn i, tot acompanyant-se, va preguntar:

—Quants dies es va estar Nirvana per gravar el seu primer àlbum?

Si voleu més informació sobre els títols d'aquesta col·lecció, consulteu el web d'Editorial Barcanova:

www.barcanova.cat